मुझे तुम्हारे जाने से नफ़रत है

प्रियंका ओम

कहानी संग्रह

प्रियंका ओम

मुझे तुम्हारे जाने से नफ़रत है (कहानी संग्रह)

प्रकाशक : रेडग्रैब बुक्स
942, मुठ्ठीगंज, इलाहाबाद-3 उत्तर प्रदेश, भारत
वेबसाइट - www.redgrabbooks.com
ईमेल - contact@redgrabbooks.com

संस्करण : प्रथम, 2018 (5100 प्रतियाँ)

ISBN : 978-93-87390-08-9
आवरण : कुमार अमित (zodelstudios.com)
टाइप सेटिंग : श्री कम्प्यूटर्स, इलाहाबाद

समर्पित

उन सबको, जिन्हें किसी के जाने से नफ़रत है।

मैं हिन्दी में क्यों लिखती हूँ

एक सवाल मुझसे बार-बार पूछा गया है, कि मैं हिन्दी में ही क्यों लिखती हूँ? इस सवाल का जवाब अपने भीतर की दुनिया के लिये भी उतना ही ज़रूरी है जितना बाहर की दुनिया के लिये। *'मुझे अंग्रेज़ी नहीं आती है'* यह एक मामूली सा बहाना, दिल को बहलाने के लिये काफ़ी नहीं है। अगर ठीक-ठीक कहूँ तो भाषाओं में मेरी दिलचस्पी नहीं है। बहुधा शब्द आकर्षित करते हैं और हिन्दी के शब्द मुझे चुम्बकीय गुणों से भरे हुए लगते हैं। जब कभी कोई नया शब्द मुझे आकर्षित करता है तो मेरा दिमाग़ अपने आप क़िस्सा गढ़ने लगता है। क़िस्सा गढ़ने में हमेशा मेरी भूमिका अदृश्य रहती है; ठीक वैसे ही, जैसे किसी कहानी को लिखते हुए किरदार में मैं स्वयं अदृश्य होकर मौजूद रहती हूँ।

कहानियाँ लिखना मेरा शौक़ नहीं, बल्कि ख़ुद को ज़ाहिर करने का एक जरिया है, और मैं ये मानती हूँ कि दिल की बात अपनी मातृभाषा में उत्कृष्ट तरीक़े से ज़ाहिर होती है, और फिर कहानियाँ भी तो दिल से लिखी जाती हैं। बहुत कुछ कह लेने के बाद भी दिल में कुछ अनकहा रह जाता है, उसी अनकहे को कहना, कहानी लिखना है; और हिन्दी में कहानी लिखना मेरे लिये ठीक वैसा ही है जैसा दर्द में कराहते हुए माँ को पुकारना या तकलीफ़ में पापा को फ़ोन करना। दर्द की छटपटाहट में आदम मन स्वतः माँ को पुकारता है। दर्द की तीव्रता जितनी होती है मन उतनी ही अकुलाहट से माँ को पुकारता है। ऐसी ही अकुलाहटों का पुलिन्दा है मेरी कहानियाँ, जो न जाने कब से मेरे ज़ेह्न में संतान की तरह पल रही थीं, जो अब किताब की शक्ल लिये आप सबके सामने हैं।

एक ख़्याल जो बहाकर बहुत दूर ले जाता है कि आपके सिरहाने, तकिये के नीचे, या बस्ते में रखी मेट्रो में आते-जाते, या बस की खिड़की वाली सीट पर आपकी गोद में रखी लाल जिल्द वाली किताब कैसे इतराएगी।

- प्रियंका ओम

अनुक्रम

1

प्रेम पत्र

तीनों, तीन तरह की लड़कियाँ थीं।

असमानताओं के बावजूद तीनों में ग़ज़ब का लगाव था।

लगाव क्या था, वे तीन जिस्म एक जान थीं।

एक बीमार होती तो बाक़ी दोनों भी बहाना बनाकर बीमार हो जातीं। वे अलग-अलग मुहल्ले में रहती थीं; लेकिन एक ही स्कूल में पढ़ती थीं।

काजल को स्कूल में लड़के *बहनजी* कहते थे। दोनों भौंह के बीच माचिस की तीली से बनी काजल की बिंदी और आँखों में ढेर से काजल के बिना वो कभी स्कूल नहीं आती है, इसलिये लड़के उसे *बहनजी* कहकर छेड़ते हैं।

स्कूल से जब भी बाहर निकलती, कोई न कोई उसे *बहन जी* कहकर ज़रूर चिढ़ाने की कोशिश करता, लेकिन इससे उसे ज़रा भी फ़र्क नहीं पड़ता है; कहते रहें मुझे क्या।

लेकिन मीनू को बहुत ग़ुस्सा आता है; वो लड़कों से भिड़ जाती है "ऐ! बहनजी किसको बोला?"

लड़के भी कम नहीं थे "भैया जी, तेरी बहन को बोला और किसे बोला।"

मीनू तो सवा शेर थी, "बहन है तो राखी बँधवा ले।"

"छोड़ न मीनू, हर बात का जवाब देना ज़रूरी है क्या!" काजल उसे हमेशा समझाती।

"अरे, कुत्तों के मुँह पर जब तक पत्थर न मारो, साले भागते नहीं।"

"तूने सुना नहीं है क्या, हाथी चले बाज़ार कुत्ता भूँके बार-बार।" स्वाति हर तरह से मीनू को समझाने की कोशिश करती।

स्वाति ठीक कह रही है मीनू; इनके लिये तू अपना मुँह क्यूँ ख़राब करती है; दिमाग़ ठण्ढा रख, आज तुझे theorem nine भी हम दोनों को समझाना है।" काजल बात बदलने की कोशिश करती है।

"सर जब क्लास में समझा रहे थे, तब तेरा दिमाग़ साँप-सीढ़ी खेल रहा था?" मीनू का ग़ुस्सा अब भी शांत नहीं हुआ था। काजल उदास हो गई थी।

"तुझे पता है न, काजल और मैं, थेओराम सिर्फ़ तुझसे समझ पाते हैं; अब दूसरों का ग़ुस्सा दोस्तों पर निकालेगी क्या!" स्वाति ने उसे इमोशनल ब्लैकमेल किया।

स्कूल से लौटते हुए अक्सर तीनों में कोई न कोई बहस हो ही जाती थी, लेकिन मजाल है जो उनकी दोस्ती में एक खरोंच भी आये, क्यूँकि काजल और स्वाति जानती हैं, मीनू को ग़ुस्सा बहुत आता है और जब उसे ग़ुस्सा आता है तब उसे ख़ुद पर ज़रा भी कंट्रोल नहीं रहता है।

एक बार किसी ने चिढ़ा दिया 'त्रिमूर्ति।'

मीनू ने तुरंत पलटकर जवाब दिया, ''त्रिमूर्ति नहीं त्रिशक्ति।''

मीनू की हाज़िरजवाबी का कोई जवाब नहीं था।

''एक घंटे में तुम दोनों मेरे घर आ जाना, मैं theorem समझा दूँगी; और स्वाति, तुम मुझे 'हेमलेट' समझा देना; और सुन झल्ली, तू छोटी-छोटी बात पर उदास मत हो जाया कर... अगर मेरी कोई बात अच्छी नहीं लगती है तो साफ़-साफ़ कह दिया कर; जानती है न तेरी ये दोस्त ज़रा सनकी है।'' मोड़ के पास पहुँचने से पहले मीनू ने काजल से कहा।

''सनकी तो है तू; कितनी बार समझाया है उनको जवाब मत दे, क्यूँकि जवाब देने से बात ख़त्म नहीं होती है बल्कि और बढ़ती है; बहनजी ही तो कहते हैं, बम या माल तो नहीं न।''

''ये भी ठीक है; कोई नहीं, आगे से ध्यान रखूँगी।''

मीनू का ग़ुस्सा जितना तेज़ था, उससे कहीं ज़्यादा उसका दिमाग़ तेज़ था। मैथ के सवाल तो वो ऐसे हल करती थी जैसे कंचे खेल रही हो; ये उसके जीन में था। उसके पापा मैथ में गोल्ड मेडलिस्ट थे। उन्होंने कैल्क्युलेटर कभी इस्तेमाल नहीं किया। मीनू भी नहीं करती है। वो अपने पापा की तरह engineer बनना चाहती है। कपड़े भी पापा जैसा ही पहनती है। मोहल्ले में लोग उसे टॉम-बॉय कहते हैं, लेकिन स्कूल में सब एंग्री मैन कहकर चिढ़ाते हैं।

बस पापा की तरह ग़ुस्सा नहीं करना चाहती है, लेकिन पता नहीं क्यूँ उसे ग़ुस्सा बहुत जल्दी आ जाता है, फिर बड़ी मुश्किल से शांत होता है।

स्वाति और काजल की तरह मम्मी भी उसे बहुत समझाती हैं... इतना ग़ुस्सा ठीक नहीं; ग़ुस्सा अपनी जान का दुश्मन होता है।

''जानबूझकर नहीं करती; आ जाता है बस।''

''तुम लड़की हो, लड़कियों की तरह कपड़े पहनो।''

''फिर तुम मुझे बेटा क्यूँ कहती हो माँ?''

"क्यूँकि मैं बेटा-बेटी में फ़र्क नहीं समझती।"

"अच्छा, तो छोटू को बेटी क्यूँ नहीं बुलाती हो?"

"जाने दो मैं तुमसे बहस नहीं करती।"

ठीक है माँ, बालों में तेल लगा दो।"

"क्या फ़ायदा तेल लगाकर, जब लड़कों की तरह कटवाना ही है।"

"ओफ़्फ़ो माँ, आपको तो मेरी हर बात से प्रॉब्लम है; असल में आपको मुझसे प्रॉब्लम है।" कहकर ग़ुस्से में अपने कमरे में चली जाती है।

"हे भगवान! इस लड़की को कौन समझाये।" सोचकर माँ परेशान हो जाती है।

अगर काजल पूरब थी तो मीनू पश्चिम; और स्वाति उन दोनों के बीच में खड़ी थी। कभी वो बिलकुल शांत होती, तो कभी छोटी-सी बात पर बिगड़ जाती।

अगर मौसम से तुलना करें, तो मीनू जेठ की गरमी जैसी तप्त, और काजल दिसम्बर की ठण्ढ जैसी शीतल; स्वाति वसंत... पीले सरसों से लहलहाते खेत जैसी।

इंग्लिश पढ़ती तो मम्मी सब काम छोड़कर सुनतीं। "मन गद्‌गद् हो जाता है तुमको अंग्रेज़ी पढ़ते देखकर; हमको भी पढ़ने का बहुत शौक था, लेकिन हमारे ज़माने में लड़की को घर का काम-काज सिखाते थे, पढ़ाते नहीं थे।" स्वाति को माँ के ख़ुश होने में ही ख़ुशियाँ मिलती हैं, इसलिये वो और मन लगाकर पढ़ती।

पापा तो दूर से ही सुनकर मंद-मंद मुस्कुराते हुए सोचते हैं। जब गाँव जाऊँगा तो अंग्रेज़ी के मास्टर साहब को बुलाकर बिटिया से बात कराऊँगा; मास्टर साहब भी तो देखें, जो एक अंग्रेज़ी का शब्द भी नहीं बोल पाता था, उसकी बेटी अंग्रेज़ी में कैसे धड़ाधड़ बोलती है।

मम्मी-पापा उसकी पढ़ाई में कोई कसर नहीं छोड़ना चाहते हैं।

स्वाति को इंग्लिश का जुनून था। सारा दिन एक छोटी सी dictionary हाथ में रखती थी। कहीं कोई नया शब्द सुनती, तो तुरंत उसका मीनिंग ढूँढ़कर सीख लेती। इस तरह वो ख़ुद ही चलती-फिरती डिक्शनरी बन गई थी।

एक तो देखने में इतनी सुंदर, ऊपर से अंग्रेज़ी तो ऐसे बोलती है, जैसे पिछले जनम में अंग्रेज़ थी। स्कूल में भी सब उसे बहुत सम्मान की नज़र से देखते। कभी-कभी तो उसे भी लगता, पिछले जनम में अंग्रेज़ थी शायद...।

काजल, इश्क़ में डूबी हुई शाम थी। उसके सपनों का राजकुमार सफ़ेद घोड़े पर बैठकर आता; उसे जी भर के देखता, बातें करता, फिर चला जाता। एक दिन सपने वाले राजकुमार ने कहा "काजल और बिंदी के बिना तुम्हारा चेहरा सूना लगता है।" और तब से एक बार को तो वो खाना खाना भूल सकती है, लेकिन काजल और बिंदी लगाना कभी नहीं।

काजल को सजना-सँवरना बहुत पसंद है। कभी-कभी माँ की लिपस्टिक लगाकर ख़ुद को आईने में निहारती और ख़ुद पर मुग्ध होती। ऐसे ही तो उसका राजकुमार भी उसपे मुग्ध होगा। पढ़ाई-लिखाई में ज़्यादा मन नहीं लगता उसका। मैथ और इंग्लिश तो उसके पल्ले ही नहीं पड़ता। अगर स्वाति और मीनू नहीं होतीं तो इन दोनों विषय में वो कभी पास भी नहीं होती।

न ज़्यादा बोलना, न ज़ोर से हँसना, और धीरे-धीरे चलना; मुहल्ले भर में तारीफ़, कि ईश्वर ऐसी बेटी सबको दे। मम्मी, लाल मिर्च और राई को चूल्हे में झोंककर नज़र उतार लेतीं।"

तीनों की मम्मियाँ आपस में सहेलियाँ नहीं थीं। बच्चों की दोस्ती के बाद मम्मियाँ तो निश्चित ही सहेलियाँ बन जाती हैं; कभी-कभी फेमिली भी फ्रेन्ड बन जाते हैं, लेकिन इनकी फेमिली आपस में फ्रेन्ड नहीं बन पाईं थी, जिसकी एकमात्र वजह सामाजिक और आर्थिक असमानता थी।

ये तीनों स्कूल की टॉपर नहीं थीं। स्वाति, इंग्लिश में सबसे ज़्यादा नम्बर लाती; मीनू, मैथ में; और काजल सभी विषय में लगभग एक जैसा। तीनों लड़कियों की दोस्ती पर किसी भी तरह की असमानताओं का कोई असर दिखाई नहीं देता था, इस बात से स्कूल के अधिकतर लड़के बहुत कुढ़ते थे।

वे इन्हें चिढ़ाने के लिये नये-नये जुमले तलाशते। कभी, तीन टिकट महाविकट कहकर चिढ़ाते, कभी त्रिमूर्ति तो कभी त्रिशक्ति।

अमर को काजल बहुत पसन्द थी। वो उसे बहन जी नहीं, श्रीदेवी जैसी लगती थी; जिसके नैनों में सपने थे, और जिसके सपने में वो सजना चाहता था; लेकिन मीनू के डर से कुछ कहने की हिम्मत नहीं करता है। एक दिन स्कूल से निकलते हुए भीड़ का फ़ायदा उठाकर उसने काजल के हाथों में एक चिट्ठी पकड़ा दी, लेकिन बदक़िस्मती से मीनू ने देख लिया। पहले तो उसके गाल पर ज़ोर का एक थप्पड़ लगाया, फिर काजल के हाथ से चिट्ठी लेकर बिना पढ़े ही उसके टुकड़े कर उसके चेहरे पर उड़ा दिया।

अमर बहुत अपमानित महसूस कर रहा था। उसी दिन उसने मीनू से बदला लेने की क़सम खाई थी, लेकिन समझ नहीं आ रहा था कैसे।''

मीनू का थप्पड़ याद आते ही फ़रवरी के महीने में उसे मई सा ताप चढ़ जाता। बदले की आग अमर के तन-मन को ख़ूब जलाती। हफ़्ता हो गया था, लेकिन अभी तक वो कुछ सोच नहीं पाया था। उन्हीं दिनों उसकी बुआ का बेटा स्वप्निल उसके यहाँ engineer बनने की तैयारी करने आया। स्वप्निल उससे उम्र में दो-तीन साल ही बड़ा था।

लड़के जब तक छोटे होते हैं, तभी तक उम्र का लिहाज़ करते हैं; बड़े होते ही उम्र के छोटे-मोटे फ़ासले पार कर दोस्त बन जाते हैं।

अमर और स्वप्निल के बीच भी दोस्ताना सम्बन्ध था।

स्वप्निल को देखते ही अमर को उसका बदला पूरा होता दिखाई देने

लगा। स्वप्निल तो शुरू से ही उसका हीरो था; लड़कियाँ पटाने में नम्बर वन... शर्त लगाकर लड़कियाँ पटाता; मजाल है जो कभी वो शर्त हार जाये... एकदम अक्षय कुमार टाइप।

छोटे चाचा की शादी में, अमर के मामा की लड़की को स्वप्निल ने हफ़्ते भर में पटा लिया था, जबकि सब जानते थे कि वो लड़की हाड़-मांस की नहीं, लोहे की बनी थी। वो तो अच्छे अच्छों को घास नहीं डालती थी, लेकिन स्वप्निल ने हफ़्ते भर में चमत्कार कर दिया। वो सिर्फ़ पटी नहीं, साथ में जीने-मरने को तैयार थी। स्वप्निल के साथ भाग जाने को तैयार हो गई थी।

शादी के घर में ख़ूब हंगामा हुआ था, लेकिन लड़कों को इस बात से कोई फ़र्क नहीं पड़ा। उन्हें तो बस अपनी शर्त और हार-जीत से मतलब होता है।

स्वप्निल के नक़्श-ए-क़दम पर चलकर ही अमर ने काजल को प्रेम पत्र लिखा था, क्यूँकि कई बार उसने काजल की आँखों में भी इज़हार पढ़ा था, लेकिन मीनू ने उन दोनों के प्यार का तमाशा बना दिया और इसका बदला वो ज़रूर लेगा।

हालाँकि मम्मी स्वप्निल के आने से ख़ुश नहीं थीं; उसके कारण ही तो उनके मायक़े वालों की इतनी बदनामी हुई थी। दोष तो हमेशा लड़की का ही होता है; ख़ासकर तब, जब लड़का ससुराल के रिश्ते से हो और लड़की मायके से।

मम्मी ने मौक़ा देखकर अमर को समझा दिया कि उसके साथ ज़्यादा उड़ना मत, नहीं तो करेगा वो, और भरेगा तू।

अमर चुपचाप सुन रहा था।

"सुन रहे हो क्या कह रही हूँ?"

"हाँ, सुन रहा हूँ; इतनी ज़ोर से बोलोगी तो बहरा भी सुन लेगा।"

“सिर्फ़ सुनना मत, समझना भी।”

‘जी।’

लेकिन वाक़ई में उसने सिर्फ़ सुना था, समझना वो चाहता नहीं था, क्यूँकि उसके सर पर तो बदला लेने का भूत सवार था, और बदले वाला भूत सुनने और समझने की शक्ति को कच्चा खा जाता है।

अमर तो पहले से तैयार था; स्वप्निल के ज़रा से कुरेदते ही, एक ही साँस में उसने सारी कहानी कह दी।

उन तीनों लड़कियों की कहानी सुनकर स्वप्निल कुछ देर सोचता रहा। “अच्छा, तो इनकी शक्ति इनकी एकता में है!

“हाँ भैया। एक को कुछ कहो तो बाकी की दोनों काटने को दौड़ती हैं।”

“अगर तीनों को अलग कर दिया जाय तो?”

“मज़ा आ जायेगा; लेकिन कैसे?” अमर सोचने वाली मुद्रा में था।

“मैं सोचता हूँ; पहले डिटेल बता तीनों के बारे में, क्या तीनों एक ही मोहल्ले में रहती हैं?”

“नहीं, अलग-अलग; वैसे मुहल्ले आस-पास ही हैं।”

“तीनों स्कूल कैसे आती-जाती हैं?”

‘पैदल।’

“अकेले अकेले?”

“नहीं भाई; एक मोड़ पर तीनों मिलती हैं, वहाँ से साथ आती-जाती हैं, अगर एक पहले पहुँच जाती हैं तो वो बाकी दोनों का इंतज़ार करती है।”

“अच्छा; स्कूल जाते समय मोड़ के पहले तीनों अकेली रहती हैं और लौटते समय मोड़ के बाद तीनों अकेली रहती हैं?”

"हाँ, कोई ख़तरनाक प्लान मत बनाना; मैं तो बस उस मीनू से बदला लेना चाहता हूँ; उनकी दोस्ती में दरार डालना चाहता हूँ, क्यूँकि तीनों एक दूसरे की ताक़त पर बहुत उछलती हैं, ख़ास करके वो मीनू, ख़ुद को लौंडा समझती है।"

"फिर उसका ही शिकार करते हैं; उसे लौंडिया बनाते हैं;

"नहीं भाई, प्लीज़ रहने दो; मुझे ये सब नहीं करना; मेरी भी माँ-बहन हैं।"

"रुक जा फट्टू, साँस तो ले ले; तू जैसा सोच रहा है उतना गिरा हुआ नहीं हूँ मैं... अपने भाई को इतना भी नहीं जानता? मैं लड़कियों की इज़्ज़त से नहीं, उनके इमोशन से खेलता हूँ।"

"जैसा मेरी ममेरी बहन के इमोशन के साथ...?" अमर ने पूछा।

"ठीक समझा तुमने; वो तो बिछी पड़ी थी मेरे सामने, लेकिन मैंने... ....लड़की की इज़्ज़त की क़ीमत मैं भी समझता हूँ।"

"लेकिन भाई मीनू अलग है; स्वाति को शिकार बना लो, वैसे भी तुम्हारे साथ उसी की जोड़ी जमेगी।"

"नहीं, ख़ूबसूरत लड़कियाँ अकड़ में रहती हैं, क्यूँकि उनके चाहने वाले बहुत होते हैं।"

"चाहने वाले तो वाक़ई में बहुत हैं भाई, लेकिन मीनू के डर से किसी की हिम्मत नहीं होती, लेकिन मुझे यक़ीन है, तुम्हें देखते ही वो भी फ़िदा हो जायेगी।"

"आसानी से उपलब्ध होने वाली चीज़ों में मुझे मज़ा नहीं आता; मैं सोच रहा हूँ काजल कैसी रहेगी?" स्वप्निल ने मज़ाक़िया लहजे में पूछा।

"नहीं भाई, उसे मेरे लिये छोड़ दो; वो भी मुझे चाहती है, जानता हूँ,

लेकिन मीनू के डर से कुछ बोलती नहीं।''

''इसलिये तो कहता हूँ, अगर उन तीनों को तोड़ना है तो सबसे पहले उनकी ताक़त को कमज़ोर कर दो, और मेरा experience कहता है, जो लड़की ख़ुद को ज़्यादा स्ट्रांग दिखाती है, वो असल में अंदर से बहुत कमज़ोर होती है; जैसे तेरी ममेरी बहन... तू कहता था न कि पत्थर की बनी है देखा कैसे मोम जैसी पिघल गई थी।''

''हाँ, लेकिन मीनू वैसी नहीं लगती; ये तो ख़ुद को लड़की समझती नहीं भाई; सारी हरकतें लड़कों वाली... भारी आवाज़, दबंग चाल, और फेव सब्जेक्ट भी लड़कों वाले, मैथ। कभी भी, किसी को भी एक हाथ लगा देती है।''

''अब देखना, कैसे दिल लगा बैठेगी मुझसे।''

''इससे क्या होगा?''

''इसी से सब कुछ होगा; अपने भाई पर तो यक़ीन है न तुझे?''

''यक़ीन है तभी तो बताया।''

''तो बस टेन्शन मत ले।''

''लेकिन आप करोगे कैसे?''

''देखता जा बस।''

स्वप्निल किसी भी लड़की के सपनों में आने वाले राजकुमार जैसा था। गोरा रंग, ऊँचा क़द और हीरो जैसी स्टाइल... लड़कियाँ तो मर मिटती हैं।

अगली सुबह बालों को पानी से भिगा, स्टाइल बनाया, और मोड़ के पहले मीनू के रास्ते में खड़ा हो गया। अब अगर ख़ाली सड़क पर कोई खड़ा रहे, तो नज़र चली ही जाती है। मीनू ने जैसे ही उसे देखा, उसने एक स्माइल फेंक दी।

ये सिलसिला कई दिनों तक स्कूल आते-जाते वक़्त चलता रहा। मीनू जब भी उसे देखती वो हर बार मुस्कुरा देता।

"कोई डरपोक लड़की होती, तो शायद अब तक अपनी फ़ेमिली को बता चुकी होती।" काजल ने कहा, तो स्वाति ने भी हामी भरी।

"घर वाले बिना वजह परेशान होंगे; मैं ख़ुद निबट सकती हूँ ऐसे लुच्चों से।"

"मुझे तो सुनकर ही डर लग रहा है।" काजल ने डरते हुए कहा।

इतना मत डरा कर; जब तक मैं हूँ कोई कुछ नहीं बिगाड़ सकता... एक हाथ दूँगी तो नानी याद जायेगी।"

"बस इसीलिये, मुझे नहीं लगता कि वो तेरे लिए आता है; तुम तो किसी कोने से लड़की लगती भी नहीं; वो किसी और के लिये आता होगा।" स्वाति को जैसा लगा उसने कह दिया, लेकिन पता नहीं क्यूँ मीनू को उसकी बात पर यक़ीन नहीं हुआ। उसकी नज़र के सामने, आँखों में मोहब्बत लिये स्वप्निल का चेहरा आ गया।

"हाँ; सही कह रही है तू।" मीनू ने स्वाति की तसल्ली के लिये तत्काल उसकी हाँ में हाँ मिला दिया और ख़ुद की तसल्ली के लिये जानबूझकर स्कूल से देर से निकली। मोड़ पर बहाने से रुककर थोड़ी देर दोनों सहेलियों से बात करती रही, फिर उसके बाद वे अपने-अपने घर की ओर चल पड़ीं।

स्वप्निल, वहीं घड़ी में टाइम देखता हुआ मिला। मीनू को देखते ही मुस्कुरा दिया।

पता नहीं किस सम्मोहन में आज मीनू भी मुस्कुरा दी। कितना handsome है, हीरो लगता है हीरो। सोलह सोमवार का व्रत करने पर भी ऐसा राजकुमार जैसा लड़का नहीं मिलता; मुझे तो बिना माँगे दुआ की तरह मिल गया है।

मीनू को मन ही मन ख़ुद पर ख़ूब फ़ख़्र हुआ और स्वाति पर ग़ुस्सा आया। बड़ा घमंड है अपने रूप पर; किसी और को कुछ समझती ही नहीं; जब इस हीरो को देखेगी तब पता चलेगा कि उसे ब्यूटीफ़ुल कहने वाले स्कूल के लौंडों का इसके आगे पानी कम है।

एक लड़की हमेशा ही ये समझ जाती है, कि देखने वाला उसे किस नज़र से देख रहा है; उसे ही देख रहा है या किसी और को। ये सोचकर उसे ख़ुद ही बहुत आश्चर्य हुआ कि उसकी सोच में वो लड़की है, जबकि न लड़की जैसे कपड़े पहनती है, न लड़की जैसे बाल और न चाल... फिर लड़की कैसे...

"लड़कों जैसे कपड़े पहनने से कोई लड़का नहीं बन जाता है, शरीर तो लड़की का ही है; कभी लड़कियों वाले कपड़े भी पहन लिया करो।" मम्मी ने ताना दिया, तो पता नहीं क्यूँ आज मीनू को बुरा नहीं लगा। रोज़ की तरह आज भी स्कूल से आकर उसने जींस और ढीली-सी टी-शर्ट पहन ली थी।

अगले दिन स्कूल के लिये तैयार होने में कुछ ज़्यादा ही वक़्त लग गया उसे।

"मीनू जल्दी कर, नाश्ता ठण्ढा हो रहा है।"

"आ रही हूँ मम्मी।"

"आज कितनी देर लग रही है तैयार होने में; स्कूल के लिए देर हो जायेगी; और दुपट्टे में पिन क्यूँ नहीं लगाया है?"

"आजकल यही फ़ैशन है।"

मम्मी को हँसी आ गई "तुम और फ़ैशन?"

"ओफ़्फ़ो मम्मी! फ़ैशन न करो तब भी ताना, और करो तब भी ताना; मैं पहले जैसा ही कर लेती हूँ।"

"मैं ताना नहीं दे रही हूँ; मुझे तो ख़ुशी हो रही है कि आज पहली बार

मेरी बेटी ने बेटी सा बर्ताव किया है; ऐसा ही रहने दे... आज थोड़ी-थोड़ी लड़की जैसी लग रही है।''

घर में मम्मी को तो समझा दिया, लेकिन स्कूल में स्वाति और काजल को क्या समझायेगी, मीनू सोच ही रही थी कि वो दिख गया।

जैसे ही मीनू ने उसे देखा, उसने उँगलियों के इशारे से 'बहुत सुंदर' कहा, और वो शरमा गयी।

आज पहली बार वो शरमाई थी। माँ उसे शरमाते देखती तो बहुत ख़ुश होती; लेकिन माँ को अगर इस शरमाने की वजह पता चली तो.. सोचकर मीनू घबरा गई।

स्वाति और काजल उसे देखकर हैरान थीं।

''ज्यादा हैरान होने की ज़रूरत नहीं है; मम्मी ने किया है... वो कहती हैं कि पहले बात अलग थी, अब मैं बड़ी हो गई हूँ और मुझे लड़कियों जैसा रहना चाहिए।''

मीनू सफ़ाई से झूठ बोल गई, और उन दोनों ने भी बात को ज़्यादा तूल नहीं दिया, क्यूँकि उनके दिमाग़ में 'वो लड़का था'।

''अच्छा सुन, कल भी वो लड़का दिखा था क्या?''

''कौन लड़का?'' मीनू ने अंजान बनने का नाटक किया।

''अरे वही लौंडा, जो हफ़्ते भर से रास्ता काट रहा था।'' इस बार स्वाति ने पूछा।

''अच्छा वो; नहीं नहीं, सचमुच वो किसी और के लिये आता था।'' बड़ी सफ़ाई से झूठ बोल गई थी मीनू।

''मैंने तो पहले ही कहा था।'' स्वाति की गर्वीली आवाज़ मीनू को सुई-सी चुभ गई।

स्वप्निल को रोज़ एक ही समय तैयार होकर बाहर जाते देख, अमर

की मम्मी की दायीं आँख फड़कने लगी थी, पता नहीं सुबह-शाम तैयार होकर कहाँ जाता है, ज़रूर कुछ नया गुल खिलायेगा; "तुम्हें कुछ पता है अमर?"

"नहीं मम्मी, हो सकता है किसी फ्रेन्ड के यहाँ जाते हों कम्बाइंड स्टडी के लिये।"

"वो क्या होता है?"

"अरे मम्मी, जब दो-चार दोस्त एक साथ मिलकर पढ़ते हैं तो उसे कम्बाइन स्टडी कहते हैं।"

"फिर तो ये पढ़ने के लिए नहीं, कम्बाइन आवारागर्दी करने के लिए जाता होगा।" मम्मी ने चिढ़कर कहा।

"अगर अवारागर्दी करता तो हमेशा फ़र्स्ट नहीं आता।"

"ज्यादा तरफ़दारी मत करो उसकी।"

"आपको तो स्वप्निल भाई फूटी आँख नहीं सुहाते हैं।" अमर को मम्मी पर ग़ुस्सा आ रहा था।

"धीरे बोल; घर में और भी लोग हैं, किसी ने सुन लिया तो कोहराम मच जायेगा।"

"तो ऐसी बात बोला ही मत करो मम्मी।"

"देख रही हूँ तुझ पर भी उसका असर हो रहा है; तू भी उसकी तरह आवारा बनेगा... मेरी तो क़िस्मत ही ख़राब है।" कहते हुए वे वहाँ से चली गयीं।

* * *

"बात कहाँ तक पहुँची भाई?" अमर ने उत्सुकता से पूछा।

"स्कूल में नहीं देखते उसे!" स्वप्निल ने गर्व से सवाल किया।

"देखा था भाई, देखा था; तुम्हारा नशा चढ़ रहा है उसपे।"

"बहुत जल्दी टल्ली होकर गिरेगी देखना।"

"लेकिन किया क्या ये तो बता दो।"

"मैं कुछ करता नहीं, सब अपने आप हो जाता है।" मंद-मंद मुस्कुराते हुए स्वप्निल ने कहा।

मीनू अब हर रोज़ अलग-अलग तरीक़े से दुपट्टा ट्राई करती, और हर रोज़ स्वप्निल उसे 'बहुत सुंदर' वाला इशारा कर देता। स्कूल से वापसी के वक़्त सिर्फ़ स्माइल देता। इधर अमर भी अब रोज़ काजल को इशारे करने लगा था। मीनू देखकर भी अनदेखा करती, और स्वाति चुप रहती।

मीनू ने आज काजल की तरह आँखों में काजल लगाया और भौंहों के बीच काजल की बिंदी बनाई, तो स्वप्निल ने चार उँगलियों को जोड़, हार्ट बनाया।

स्कूल में लड़कों ने सीटी बजाई "पहले अमिताभ बच्चन की तरह ऐंग्री मैन थी, अब माधुरी दीक्षित की तरह धक-धक गर्ल बनती जा रही है।" मीनू, सुनकर बस मुस्कुरा देती।

काजल को ये सब अजीब लग रहा था। "हो क्या गया है तुझे आजकल?"

"होगा क्या; ये सब मम्मी के चोंचले हैं, क्यूँकि अब मैं बड़ी हो गई हूँ, और लड़कियों को लड़की जैसा ही रहना चाहिये।"

"हाँ बात तो सही है, लेकिन तुम कब से मम्मी की बात मानने लगी?"

"...जबसे वो लड़का रास्ते में मिलने लगा।" स्वाति के इस जवाब से जलन की बू आ रही थी।

मीनू को लगा चोरी पकड़ी गई है, "कौन लड़का?"

"अरे हाँ, मैं तो भूल ही गई।" काजल को याद आया।

"वो तो किसी और के लिये आता था; मैं एक-दो दिन देर से गई तो वो वहाँ नहीं था।"

"सच कह रही है?"

"सच कह रही हूँ।"

"खा क़सम!" काजल और स्वाति ने एक साथ कहा था।

"सरस्वती माँ की क़सम।"

सरस्वती माँ की झूठी क़सम खा तो ली थी, लेकिन मीनू को डर लग रहा था, पता नहीं इस बार परीक्षा में क्या होगा; आजकल पढ़ने में मन तो लगता नहीं है। पढ़ने बैठो तो किताब-कॉपी में उसी का चेहरा दिखता है, ऊपर से ये झूठी क़सम; हे सरस्वती माँ! मुझे माफ़ करना; सिर्फ़ इस बार परीक्षा में अच्छे नम्बर दिलवा देना, अगली बार ख़ूब पढ़ूँगी। मन ही मन एक सौ आठ बार माफ़ी माँग ली।

* * *

परीक्षा शुरू हो गयी थी। आजकल मीनू का दुपट्टे पर कम ध्यान रहता लेकिन काजल और बिंदी की उसे भी आदत लग गई थी। रास्ते में वो मिलता, तो अँगूठा दिखा देता और परीक्षा में सवाल वही आते, जिसका उत्तर मीनू पहले से जानती थी।

"भाई, अब समय आ गया है बात को आगे बढ़ाने का!" अमर ने परीक्षा से फ़ुर्सत पाते ही कहा।"

"हाँ, इशारे कर-करके अब मैं भी बोर हो गया हूँ; अब कुछ प्रैक्टिकल होना चाहिये।"

"प्रैक्टिकल मतलब?" अमर चौंक गया था।

"गधा है क्या, तेरा दिमाग़ एक ही धुरी पर घूमता रहता है।"

"तो क्या मतलब है प्रैक्टिकल का?"

"प्रैक्टिकल का मतलब अब मैं उसे चिट्ठी लिखूँगा।"

"अच्छा, ये मतलब।"

"पता नहीं ये 'उसके' अँगूठे का असर था या एक सौ आठ बार सरस्वती माँ से माफ़ी माँगने का; दोनों सखियों से ज़्यादा नंबरों से पास होकर मीनू दसवीं क्लास में आ गई थी।

मीनू में आये परिवर्तन को देखते हुए मम्मी उसके लिये ब्रा ले आईं।

"ये क्या ले आई मम्मी, मैं नहीं पहनूँगी।"

"पहनकर तो देखो; इसे पहनकर लड़की की ख़ूबसूरती और बढ़ती है।"

"लेकिन मुझे ऐसा लग रहा है जैसे किसी ने बाँध दिया हो।"

"इस बंधन में आज़ादी है बेटा; और अब तुम दुपट्टा फैलाकर लेना, देखना पहले से ज़्यादा ख़ूबसूरत लगोगी।"

मीनू, ब्रा पहनकर बहुत असहज महसूस कर रही थी, लेकिन ऊपर से कुर्ती पहनने के बाद उसे अच्छा भी बहुत लग रहा था। काजल और स्वाति का भी तो ऐसा ही लगता है। आज उसने दुपट्टा आधा खोलकर लिया था, लेकिन पता नहीं क्यूँ स्वप्निल से आँखें नहीं मिला पा रही थी। कनखी से देखा, स्वप्निल लगातार उसे देख रहा था; फिर अचानक पीछे से आकर हाथ में कुछ पकड़ाकर चला गया। मीनू ने अपनी मुट्ठी कस ली। रास्ते में दोनों सखियाँ मिलीं, तो उनकी चुहल शुरू हो गयी। "क्या बात है मीनू; आज तो सर से पाँव तक कसी-कसी लग रही हो।"

उसका चेहरा लाल हो गया था, "ऐसे बोलोगी तो कल से तुम दोनों के साथ नहीं आऊँगी।"

"अच्छा ठीक है, हम कुछ नहीं बोलेंगे, तुम ही कुछ बोल दो।"

"मैं क्या बोलूँ, मम्मी जो बोलती है वो मैं करती हूँ।"

स्कूल पहुँचकर सबकी नज़र बचा, उसने मुट्ठी से निकाल, वो काग़ज़ का टुकड़ा अपने बैग के भीतरी पॉकेट में रख लिया।

कई बार उसने पढ़ने की नाकाम कोशिश की; बाथरूम भी तीनों साथ ही जाती थीं।

उस काग़ज़ के टुकड़े में क्या-क्या लिखा होगा, ये सोचकर उसके दिल की धड़कन बढ़ जाती, कान गर्म हो जाते और हाथों में पसीना आ जाता।

"मीनू तुम कुछ परेशान लग रही हो!" स्वाति को चिंता हो रही थी।

"नहीं कुछ ख़ास नहीं, पेट में दर्द हो रहा है।" झूठ बोलने में एक्स्पर्ट हो गई थी। इश्क़ सब सिखा देता है; झूठ बोलना भी।

"कहीं वो तो नहीं?" काजल ने फुसफुसाकर पूछा।

"नहीं, वो नहीं है।"

"बाथरूम जाकर देख ले, नहीं तो पूरे स्कूल में झंडा लहरा जायेगा।"

"ठीक है जाती हूँ।" तसल्ली के लिए मीनू को झूठ-मूठ चेक करने के लिये दोनों के साथ बाथरूम जाना पड़ा था।

मीनू ने सोच लिया, अब घर जाकर ही पढ़ेगी; तब तक के लिए उस काग़ज़ के टुकड़े को भूल जायेगी।

घर जाते हुए स्वप्निल अपनी जगह पर खड़ा दिखा। उसकी नज़रें जवाब माँग रही थीं।

मीनू ने नज़रों ही नज़रों में कह दिया, कल सुबह का इंतज़ार करो।

घर पहुँचते ही अपने कमरे में जाकर दरवाज़ा बंद किया। बस्ते से वो मुड़ा चिट्ठीनुमा काग़ज़ का टुकड़ा निकालकर खोला तो अवाक् रह गई। उसका कलेजा धक् से रह गया, आँखों में आँसू आ गये।

बड़े-बड़े अक्षरों में ख़ून से 'आइ लव यू' लिखा था।

मम्मी की आवाज़ आ रही थी। "मीनू, खाना खा ले बेटा।"

जल्दी-जल्दी आँसू पोंछ, कपड़े बदल, बाहर निकल आई थी वो, लेकिन खाना देखकर उसे उल्टी आ रही थी।

"मम्मी, खाने का मन नहीं कर रहा।"

"क्या हुआ, तबियत तो ठीक है?" मम्मी, तुरंत सर पे हाथ रखकर देखती है। "ताप तो ज़रा भी नहीं है, ज़रूर आते-जाते किसी की नज़र लग गई होगी; मेरी बेटी इन दिनों ख़ूबसूरत जो लगने लगी है।"

"मम्मी मैं सोने जा रही हूँ।"

"ठीक है बेटा, जा आराम कर ले।" मम्मी की चिंतातुर आवाज़ उसकी आत्मा को झकझोर रही थी, लेकिन बताए भी तो कैसे, कि आते-जाते किसकी नज़र लगी है।

मीनू ने कमरे का दरवाज़ा सटा, लाइट ऑफ़ कर सोने का बहाना किया। मम्मी, धीरे से दरवाज़ा खोलकर उसे सोता समझ चली गईं। खिड़की का पल्ला थोड़ा सा खोलकर उसकी रोशनी में मीनू फिर से चिट्ठी पढ़ती है... कई बार पढ़ती है, बार-बार पढ़ती है। वे तीन अक्षर नायाब थे। हाथ से छूती है, उन्हें महसूस करती है। पता नहीं कब सच में आँख लग गई।

* * *

शायद बाल बढ़ गये हैं इसलिये; इसे आदत नहीं है न! माँ के मन को चैन नहीं।

"चल इस इतवार को बाल कटवा ले, बहुत बढ़ गये हैं।"

"नहीं मम्मी; तेल लगाकर बाँध दो; अब कटवाऊँगी नहीं, बढ़ाऊँगी।"

“इतने छोटे बाल बँधेंगे नहीं पगली।”

“लेकिन बाँधने से बढ़ेंगे न!”

मम्मी उसके बालों में तेल लगाते हुए सोच रही है कि शायद कोई भूत था, उतर गया। मगर भूत उतरा नहीं था, चढ़ रहा था... इश्क़ का।

असल में मम्मियाँ बहुत मासूम होती हैं; इन्हें इश्क़ के भूत की ख़बर नहीं होती।

स्वाति को अपने घर अकेली आया देख काजल चौंक गई थी।

“मीनू कहाँ है?”

“क्यूँ, मीनू के बग़ैर भगा दोगी?”

“नहीं, ये बात नहीं; हम तीनों एक दूसरे के घर हमेशा साथ मिलते हैं न, इसलिये पूछा।

“मीनू बहुत बदल रही है, तो सोचा, थोड़ा हम भी बदल जायें।”

“हाँ, बदल तो वो बहुत गई है; पता नहीं क्या हुआ है।”

“इश्क़ हुआ है और क्या।” स्वाति ने धीरे से कहा।

‘इश्क़?’ काजल ने फुसफुसाकर पूछा।

और क्या, अमिताभ बच्चन से माधुरी दीक्षित कोई ऐसे थोड़ी न बनता है... आजकल स्कूल में भी किसी से लड़ती-झगड़ती नहीं, बल्कि मंद-मंद मुस्कुराती रहती है, कुछ पूछो तो लजाने लगती है।”

“हाँ ये तो मैंने भी देखा है; कम से कम अब हमें ये तो पता चल रहा है कि कौन-कौन हम पे मर रहा है।”

“तुझपे तो बहुत पहले से अमर...।” स्वाति ने उसे कोहनी मारते हुए कहा।

“हाँ, और तुझपे राकेश।”

"लेकिन आजकल मीनू को देखकर जीने वालों की संख्या लगातार बढ़ रही है, बढ़ते हुए बाढ़ के पानी की तरह।" स्वाति की आवाज़ में चिढ़ थी।

"हाँ, कुछ तो है जो वो छुपा रही है।"

"कुछ नहीं, बहुत कुछ है, जो वो छुपा रही है।"

* * *

"ये पहली लड़की है जिसे पटाने में इतना वक़्त लग रहा है।" स्वप्निल का स्वर झुँझला गया था। सुबह-शाम चक्कर लगा-लगा के थक गया हूँ।"

"मैंने पहले ही कहा था भाई, ये लड़की इतनी आसान नहीं।" अमर अपने झंडे गाड़ रहा था।

"इतनी मुश्किल भी नहीं; मैं अपना अंतिम दाँव खेल चुका... पट तो चुकी है, बस कन्फ़र्म होना बाकी है।"

"अंतिम दाँव क्या भाई?"

"कुछ ख़ास नहीं यार, ख़ून से प्रेम-पत्र लिखा है।" स्वप्निल ने बेपरवाही से कहा।

"ख़ून से!" लेटा हुआ अमर उछलकर बैठ गया था।

"हाँ ख़ून से; ये देख एक छोटा सा प्रिक और एक चिट्ठी लिख गई।"

"अरे, ये तो दिख भी नहीं रहा।"

"हाँ, एक बूँद काफ़ी होता है; और लड़कियाँ समझती हैं एक बॉटल लगता है, इसलिये इमोशनल हो जाती हैं।"

"तो पहले ही लिख दिया होता।"

"नहीं, पहले नहीं, ये अंतिम वार होना चाहिये; तब, जब लड़की

आधी पट जाये।''

अमर ने भी छोटा सा प्रिक कर काजल को चिट्ठी लिखने की कोशिश की; लेकिन एक शब्द लिखने में ही उसका ख़ून ख़त्म हो गया। थोड़ा और ख़ून निकालने के लिये उसने थोड़ा और काटने की कोशिश की, तो और ज़्यादा कट गया।

अपना ख़ून देखकर वो ख़ुद ही घबरा गया और उसकी चीख़ निकल गई। मम्मी दौड़कर आयीं। अधूरी चिट्ठी देखकर सब कुछ समझने में ज़रा भी देर नहीं लगी, और उन्होंने अपना सर पीट लिया। ''ये लड़का पूरी तरह से बिगड़ चुका है; जब संगति ही ख़राब हो तो... आज आने दो पापा को, फिर देखना।'' कहती हुई वे ग़ुस्से से कमरे से बाहर निकल गयीं।

अमर अचानक से स्वप्निल के गले लग गया, ''भाई, माँ ने जो कहा दिल से न लगाना, वो पगली है।''

''दिल से तो तू लगा हुआ है,'' कहकर स्वप्निल ज़ोर से हँसा ''वैसे मामी ठीक कहती हैं... तू बिगड़ गया है।''

अमर अभी भी उसके सीने से लगा था।

''अबे छोड़ भी अब मुझे, मैं काजल हूँ क्या।''

अमर, शरमाकर हट गया।

''और ये क्या इतिहास लिख रहा था; ख़ून से इतना ज़्यादा नहीं लिखा जाता, बस कुछ शब्द काफ़ी होते हैं।'' स्वप्निल ने अपनी एक उँगली प्रिक किया, और मोटे-मोटे अक्षरों में तीन शब्द लिख दिये। ''जा, यही काजल को दे देना।''

''नहीं, ये तो आपने लिखा है!''

''काजल क्या लैब technician है? गधे, ज़्यादा सीरियस मत हुआ कर; ये ज़िन्दगी के मज़े हैं, जितना लूट सकता है लूट।

उस सुबह का तीनों को बेसब्री से इंतज़ार था।

...स्वप्निल को अपने प्रेमपत्र के जवाब का, मीनू को प्रेमपत्र का जवाब देने का, और अमर को प्रेमपत्र देने का।

* * *

दूर से ही स्वप्निल को देखकर मीनू की घबराहट बढ़ गई, दिल ज़ोर-ज़ोर से धड़कने लगा। चुपचाप सर झुकाये, काग़ज़ का एक टुकड़ा हाथ से गिराते हुए आगे बढ़ गई।

स्वप्निल ने आगे-पीछे देखकर वो काग़ज़ उठा लिया, लेकिन सादा देखकर दुखी हो गया।

अमर ने मौक़ा देखकर अपना प्रेमपत्र काजल को दे दिया था।

काजल को मैथ में कुछ सवाल समझ नहीं आये तो मीनू के घर जाने का प्रोग्राम बनना ही था। स्वाति ने कहा, शाम को मीनू के घर चलते हैं, लेकिन मीनू ने बहाना बना दिया, "नहीं, आज नहीं; शाम को माँ के साथ बाज़ार जाना है।"

"माँ के साथ जाना है या किसी और के साथ!" "स्वाति ने तंज़ किया।

मीनू ने उसे बहुत बुरी नज़र से देखा।

"मुझे काजल मत समझना, मैं स्वाति हूँ, स्वाति।"

"स्वाति है तो क्या नाचूँ?" मीनू को आज बहुत दिनों बाद ग़ुस्सा आ रहा था।

"नहीं, नाचना उसके साथ, जिसके लिये इतना बदल गई हो।"

"जलन हो रही है? मीनू के दिल की बात ज़ुबान पर आ गई।

"यहाँ एक ढूँढ़ो हज़ार मिलते हैं; कमी तो तुझे थी, जो मिलने पर बौरा गई हो।"

“प्लीज़ तुम दोनों लड़ना बंद करो; लड़कों को मसाला मिल जायेगा।” काजल ने आगाह किया।

तीनों चुप हो गईं।

स्कूल से वापसी के वक़्त भी तीनों चुप ही थीं।

मीनू, स्वप्निल को कातर नज़रों से देखती हुई आगे बढ़ गई। पता नहीं क्यूँ वो नज़रें स्वप्निल के दिल को चुभ गईं। उसे ऐसा लगा, मानो दर्द में डूबी हुई वे नज़रें पनाह तलाश रही हैं। स्वप्निल उसे अपने आग़ोश में ले लेना चाहता था; उसके सारे दर्द ले लेना चाहता था।

ये उसे क्या हो गया है? मीनू के दर्द में क्यूँ गमज़दा हो रहा है?

लेकिन मीनू को क्या हुआ है, ये कैसे पता करे?

कहीं उसकी चिट्ठी पकड़ी तो नहीं गई? मीनू को मम्मी से मार और पापा से धमकी तो नहीं मिली? हाँ यही हुआ होगा... इसीलिए मीनू ने सुबह उसकी तरफ़ देखा भी नहीं।

* * *

“भाई! एक ख़ुशख़बरी है।” अमर ने चहकते हुए कहा। “आज मैंने अपनी चिट्ठी काजल को दे दी; मीनू का सारा घमंड पानी में गया।”

“वो आज बहुत उदास थी।” स्वप्निल ने धीरे से कहा।

“हाँ, क्यूँकि आज स्कूल में तीनों लड़ रही थीं; तुम्हारा मिशन सफल रहा, तुम एक बार फिर से जीत गये।”

अचानक उसे ध्यान आया, “मीनू ने तुम्हारी चिट्ठी का क्या जवाब दिया?” अपनी ख़ुशी में अमर को स्वप्निल की उदासी नहीं दिखी।

“हाँ आया... सादा काग़ज़।”

“सादा काग़ज़?”

“हाँ सादा।” कहकर स्वप्निल ने उसकी तरफ एक सादा काग़ज़ बढ़ा दिया।

अमर उस काग़ज़ को थोड़ी देर उलट-पलटकर देखता रहा... इसका क्या मतलब हो सकता है।

“कहीं ये व्योमकेश बक्शी टाइप का लेटर तो नहीं?”

‘मतलब?’

“अरे भाई, व्योमकेश बक्शी में दिखाता है न, जिसमें चिट्ठी में कुछ लिखा दिखाई नहीं देता है, लेकिन जब उसे जलती मोमबत्ती के पास ले जाते हैं तब दिखता है।”

स्वप्निल उसके हाथ से छीनकर बल्ब के पास ले जाता है। काग़ज़ कोरा ही था।

वो उदास हो जाता है, “मैं सोच रहा हूँ, अब उसके रास्ते न जाऊँ; तुम्हारा काम तो हो गया।”

“मतलब तुम हार मान रहे हो?”

“नहीं, मैं हार गया हूँ।”

‘मतलब?’

“रहने दो।” स्वप्निल रात भर करवट बदलता रहा। सुबह देर तक सोता रहा।

मीनू की आँखें उसे दूर से ढूँढ़ रही थीं, लेकिन वो तो सो रहा था।

क्यूँ नहीं आया आज? शायद उसे बुरा लग गया; लेकिन लड़के हम लड़कियों की मज़बूरी कब समझते हैं... कल को कोई बात हो तो बदनामी तो मेरी होगी न... लड़के तो हमेशा दूध के धुले ही रहते हैं।

माँ कहती है, ‘ख़रबूज़ा चाक़ू पर गिरे या चाक़ू ख़रबूज़े पर गिरे, कटना तो ख़रबूज़े को ही है; लड़की भी ख़रबूज़े जैसी होती है, इसलिए

लड़कियों को अपनी भावनाओं पर अंकुश रखना चाहिये।'

दादी हमेशा कहती है, मीनू तो किसी को सटने भी नहीं देगी; लेकिन लड़की का भी तो मन होता है; पत्थर के थोड़ी बने हैं... लड़कों की तरह हम भी हाड़-मांस के ही बने हैं, हमारे सीने में भी दिल है, जो लड़कों के समान ही धड़कता है।

लेकिन बुआ की बहुत बदनामी हुई थी। लड़के की माँ ने कहा था, एक नम्बर की छिनाल है, मेरे बेटे पर डोरे डालती है... लड़का चुपचाप सुनता रहा।

लड़के और लड़की के प्रेम में बहुत अंतर होता है। लड़की प्रेम की ख़ातिर सब सहती है, लेकिन लड़का बस तमाशा देखता है; इसलिये उसे लड़कों और प्रेम से घिन हो गई थी।

नहीं आया है तो मत आये, मैं क्या बुलाने गई थी। सोचते-सोचते मीनू मोड़ पर पहुँच गई। वे दोनों वहाँ नहीं थीं, तो मीनू थोड़ी देर रुक गई। स्कूल का समय हो गया था। वे दोनों अब तक नहीं आयीं। मीनू जल्दी से रिक्शा कर स्कूल पहुँची, तो वे दोनों स्कूल में पहले से थीं।

उन दोनों को देखकर मीनू को बहुत ग़ुस्सा आया। पहले की तरह जी भरकर लड़ना चाहती थी, लेकिन स्वाति की बात याद आ गई और कुछ नहीं कहा।

"देखा, मैंने कहा था न, उसे कोई फ़र्क नहीं पड़ेगा; पहले की तरह ग़ुस्सा तो छोड़ो, उसने एक बार पूछा तक नहीं।" स्वाति ने फुसफुसाकर काजल से कहा।

हाँ, वाक़ई उसे कोई फ़र्क नहीं पड़ता, हमें भी फ़र्क नहीं पड़ना चाहिये; अब हम आज़ादी से जी सकेंगे।" काजल मन ही मन अमर को याद करके ख़ुश होकर बोली।

स्कूल में ये बात आग की तरह फैल गई कि तीनों में फूट पड़ चुकी है; आज तो आयीं भी तीनों अलग-अलग।

इस सबमें सबसे ज़्यादा प्रभावित मीनू हो रही थी। उसमें आये बदलाव के कारण पहले ही लड़के उसे चिढ़ा रहे थे; ऊपर से अब तीनों सहेलियों के बीच लड़ाई। स्वाति और काजल तो साथ ही थीं, अकेली तो मीनू पड़ गई थी। जिन लड़कों को मीनू ने पहले हड़काकर रखा था, वही लड़के अब उसके मज़े ले रहे थे। ऐसा नहीं था कि उसे ग़ुस्सा नहीं आ रहा था, लेकिन वो उन्हें कुछ कहना नहीं चाहती थी।

मीनू की ज़िन्दगी बदल गई थी। असल में मीनू ख़ुद बदल गई थी। जिस मीनू को राह चलते लड़के, एक नज़र देखते नहीं थे, वे लड़के अब उसे देखकर सीटी बजाने लगे थे। कुछ बेहूदा लड़के तो आँख मारने से भी बाज़ नहीं आते हैं। मम्मी को लगता है, मीनू ग़ुस्सा करेगी, इसलिये समझाती है, "अगर लड़कों को जवाब न दो, तो थककर वो ख़ुद ही चुप हो जायेंगे।" लेकिन मीनू को ग़ुस्सा नहीं आता है, बल्कि ये सब उसे अच्छा लगने लगा है... अंदर ही अंदर ख़ुश होती है, क्यूँकि वो लड़की है।

हाँ, स्कूल के लड़कों का टॉन्ट करना उसे ज़रा भी पसंद नहीं आता है... लेकिन फिर उसकी ज़िन्दगी में और भी ग़म हैं। एक तो आज वो आया नहीं; दूसरे उसकी सहेलियों को भी उसकी परवाह नहीं। भाड़ में जायें सब; जब किसी को मेरी परवाह नहीं तो मैं क्यूँ किसी की फ़िक्र करूँ?

उसने लंच भी क्लास में बैठकर अकेले किया। दूसरी लड़कियाँ और लड़के उस पर हँसते रहे। लंच के बाद वो सबसे पीछे की बेंच पर जाकर अकेली बैठ गई, जैसे उसे छुआछूत की कोई बीमारी हो।

स्वप्निल की जब आँख खुली, तो दिन चढ़ आया था। बीच में उसे नानी जगाने भी आई थीं, लेकिन उसने कहा कि वो रात भर जागकर पढ़ता रहा है, इसलिये अभी सोने दें।

उठते ही उसे मीनू का ख्याल आया। हे भगवान क्या लड़की है ये; रात भर अपने ख़यालों में जगाये रखा, अब सुबह होते ही याद बनकर आ गई।

उसे दिन अधूरा-अधूरा सा लग रहा था, जैसे कुछ खो गया हो...

आज सुबह मीनू को जो नहीं देखा। आज से पहले उसने कितनी लड़कियाँ पटाईं, लेकिन पहले ऐसा कभी नहीं हुआ। वो चला जाना चाहता था मीनू से दूर... वो इन चक्करों में नहीं फँसना चाहता है।

मुझे तो मम्मी-पापा का सपना पूरा करना है; engineer बनना है। उसने तय कर लिया था कि शाम को भी मीनू के रास्ते नहीं जायेगा।

सबके चले जाने के बाद मीनू क्लास से बाहर निकली। वे दोनों काफ़ी आगे निकल चुकी थीं। रास्ते में उसे नहीं देखकर, मीनू को लगा कि उससे सब छिनता जा रहा है; उसके दोस्त, उसका ...

कौन था वो? मीनू तो उसका नाम भी नहीं जानती... क्या लगता था वो मीनू का? क्यूँ उसे नहीं पाकर बेचैनियाँ बढ़ गई हैं?''

मीनू जानती है, उसे उस अजनबी से प्यार हो गया है।

ज़िन्दगी हिन्दी फ़िल्म या सीरियल्स जैसी है, जहाँ फिल्म में हीरो-हीरोइन को प्यार होता है, तो उन्हें बताना पड़ता है, या उन्हें समझाने में पूरी फिल्म निकल जाती है; और सीरियल तो दो तीन साल खिंच ही जाता है, वहीं असल जीवन में हम आकर्षण भी महसूस करते हैं, तो प्यार ही समझते हैं।

ईश्वर ने लड़की की संरचना इसी तरह बनाई है, कि उसे प्रेम से प्रेम हो जाता है। वे चुनाव नहीं करती हैं। ऐसी मानसिकता देकर लड़कों को भेजा गया है; तभी तो वो बाकी की लड़कियों को छोड़कर मीनू के रास्ते में खड़ा रहता है।

लेकिन अब क्या? अब आगे? अब तो प्रेम हो चुका है, ख़ून की चिट्ठियाँ लिखी जा चुकी हैं, सादा जवाब भेजा जा चुका है... अब प्रेम का अगला पड़ाव क्या होगा?

या प्रेम दम तोड़ चुका है शब्दहीन लिफ़ाफ़े में? क्या वो मेरी आँखें पढ़ने में असमर्थ है, या पढ़ नहीं सकता मेरी मूक भाषा?

हमेशा ही प्रेम को शब्दों का मुखौटा क्यूँ चाहिये?

काजल ने मीनू की तरह कोरा काग़ज़ नहीं लिखा था। उसने अमर के ख़ून से लिखे प्रेमपत्र का लाल इंक वाली क़लम से जवाब लिखा था... *ख़ुशबू वाली लाल इंक।*

अमर उसे चोरी से पढ़ने की कोशिश कर रहा था, लेकिन उसकी ख़ुशबू ने भेद खोल दिया।

"चिट्ठी लिखी मैंने; वो भी ख़ून से, और जवाब पढ़ेगा तू अकेले।" उसके हाथ से चिट्ठी छीन ली थी स्वप्निल ने; लेकिन दो लाइन पढ़कर ही वापस कर दिया, जिसमें काजल ने अपने प्यार का इज़हार किया था। स्वप्निल दुखी हो गया। उसे तो बड़ा घमंड था ख़ुद पर। लड़की पटी या नहीं, ये तो वो नहीं जानता; लेकिन वो पट चुका है। लेकिन मीनू में जो बदलाव आए हैं, हो सकता है किसी और की वजह से आये हों; कोई और हो... तो फिर मेरी ओर देखकर मुस्कुराने का क्या मतलब था? शायद मज़ाक़ उड़ाती होगी; लेकिन फिर वो ख़त? सादा ख़त; उसका क्या मतलब है? स्वप्निल अपने मन में जिरह कर रहा था। वो ख़त का जवाब नहीं भी दे सकती थी... इस सादा ख़त का कुछ तो मतलब है।

लेकिन मैं ये सब क्यूँ सोच रहा हूँ, मैं तो इन चक्करों में पड़ना ही नहीं चाहता।

उसका सर भारी हो गया था, दिमाग़ की नसें आपस में उलझ गई थीं। उसे नींद आ गई और वो सो गया।

* * *

मीनू को तो न चैन था न नींद आ रही थी; आज खाना भी ठीक से नहीं खाया। मम्मी परेशान थीं। क्या हो गया है आजकल मीनू को; न ठीक से खाती है न हँसती है, बस गुमसुम रहती है।

आजकल इसकी सहेलियाँ भी घर नहीं आती हैं।

मीनू, तकिये में मुँह घुसाकर सुबक रही थी। मम्मी ने पूछा क्या हुआ बेटा?

"मम्मी! स्वाति और काजल अब मुझसे बात नहीं करती हैं।"

'क्यूँ?'

"क्यूँकि परीक्षा में मुझे उन दोनों से ज़्यादा नम्बर मिले।"

मीनू ने मम्मी को आधा सच ही बताया था; असल में ये सच नहीं, बहाना था; रो तो इसलिये रही थी कि रास्ते में वो नहीं दिखा।

"ऐसी दोस्ती टूटने का अफ़सोस नहीं करना चाहिये; जो तुम्हारी तरक़्क़ी से जलते हों, उनसे दूर रहना ही ठीक है।" मम्मी ने उन दोनों के लिये अपने ग़ुस्से को नसीहत का जामा पहनाकर बेटी के दुःख को कम करने की कोशिश की।

और मीनू का दुःख कम हो भी गया, क्यूँकि उसने दुःख की वजह ही बदल दी।

मीनू को आजकल न भूख लग रही थी न प्यास, न रात को ठीक से नींद आती थी; लेकिन स्कूल जाने से पहले ख़ूब तैयारी होती कि क्या पता आज मिल जाए।

नहीं आने का क्या कारण हो सकता है? क्या चिट्ठी देने के बाद डर गया? लड़कों को मारने के लिये मैं बदनाम भी तो बहुत बहुत हूँ... लेकिन फिर दूसरे दिन भी तो आया था... ज़रूर उसे मेरा ख़ाली काग़ज़ देना अच्छा नहीं लगा होगा... नाराज़ हो गया शायद, लेकिन इतनी भी क्या नाराज़गी कि सारा प्रेम ही ख़त्म हो गया। हो सकता है कहीं गया हो। मीनू के मन में द्वंद्व चल रहा था, लेकिन वो किसी निष्कर्ष पर नहीं पहुँची थी।

इधर स्वप्निल की हालत मीनू से कहीं ज़्यादा ख़राब थी। न पढ़ता न लिखता, बस सारा दिन सोचता रहता। कभी-कभी मीनू के दिये कोरे काग़ज़ को निहारता रहता; उसमें अनकहे अक्षर ढूँढ़ता। कई दिन हो गये थे उसने

दाढ़ी तक नहीं बनाई थी।

अमर कुछ-कुछ समझ रहा था, "भाई आपको मीनू से प्यार हो गया है।"

"लेकिन उसे नहीं हुआ है मुझसे।" स्वप्निल बहुत उदास था।

"तुम ठीक कहते थे, वो आसान लड़की नहीं; हम इंसानों की यही फ़ितरत होती है कि जो आसानी से मिलता है, हम उसकी क़द्र नहीं करते, और जो नहीं मिलता है उसके पीछे भागते हैं।"

"हाँ भाई, तुमने बहुत सी लड़कियों का दिल तोड़ा है; सबकी हाय लगी है तुम्हें... ग़र्मी की छुट्टी में जब मामू के घर गया था, तब मेरी ममेरी बहन तुम्हारे बारे में पूछ रही थी।"

"तुम मुझे मेरी ग़लती का एहसास करवा रहे हो या अपनी ममेरी बहन की सिफ़ारिश कर रहे हो?"

"तुम भाई हो और वो बहन; दोनों का दुःख देखा नहीं जा रहा है।" अमर ने सफ़ाई दी।

"और मीनू? उसका क्या?"

"उसने तो सादा काग़ज़ दिया था तुम्हें।"

"हो सकता है कुछ लिखने से डर रही हो वो।"

"इतना डर था तो सादा भी न देती।"

"गधे रहोगे; सादा में कुछ लिखा हुआ तो नहीं है न, इसमें कैसा डर..."

'हाँ!'

एक हफ़्ता हो गया था, लेकिन स्वप्निल मीनू के रास्ते नहीं जा रहा था। हालाँकि ये उसके लिये भी आसान नहीं था, लेकिन मीनू के लिए बहुत मुश्किल। स्वप्निल कम से कम अपनी बात अमर से कह सकता था, लेकिन

मीनू; उसकी सुनने वाला कोई नहीं था। वो दर्द से भी ज़्यादा असहनीय पीड़ा से गुज़र रही थी। उसे घुटन होती। अंदर असहनीय छटपटाहट भरी पीड़ा के आवेग से उसने अपनी उँगली काट ली और लिख दिया प्रेम पत्र।

मात्र तीन शब्द से उसके दिल का हाल बयां होना संभव नहीं था, और ये साबित करना भी, कि मैं तुमसे ज़्यादा प्रेम करती हूँ; लेकिन पहुँचाये कैसे? तीन दिन से रोज़ लिये आती है... आज अगर दिख जाये तो दे दूँगी।

मीनू ने स्कूल में नये दोस्त नहीं बनाये। पुरानी सहेलियाँ उसे देखकर हँसतीं। राकेश, स्वाति, अमर और काजल एक साथ लंच करते; मीनू क्लास में अकेली रहती।

पता नहीं क्यूँ ये सब अमर को अच्छा नहीं लगता। इस सबके पीछे वो था, लेकिन उसने ऐसा नहीं चाहा था। उसने काजल को सब सच-सच बता दिया।

काजल ने अभी ये सब मीनू को बताना उचित नहीं समझा। स्वाति की बातों में जलन वो समझती थी, लेकिन अब उसे समझ नहीं आ रहा था कि क्या किया जाये।

तिमाही परीक्षा का समय नज़दीक आ गया था। काजल ने परीक्षा हो जाने तक रुकने का निर्णय लिया था, लेकिन आजकल उसने और अमर ने मीनू का मज़ाक़ उड़ाने में स्वाति का साथ देना बंद कर दिया था।

मीनू ने जैसे-तैसे परीक्षा तो दे दी, लेकिन वो भी जानती थी मैथ के अलावा अन्य विषय में वो मुश्किल से ही पास होगी।

परीक्षा के बाद स्कूल फिर से शुरू हो गया था। मीनू सूखकर काँटा हो गई थी। उसके बाल बड़े हो गये थे। वो अब दो छोटी-छोटी चोटियाँ बनाकर आती थी; कभी एक तो कभी पोनी टेल। स्वाति उसका मज़ाक़ उड़ाने से बाज़ नहीं आती थी।

"लगता है आजकल खाना-पीना सब छोड़कर सिर्फ़ फ़ैशन पर ध्यान दिया जा रहा है।"

मीनू उसकी बात का कोई जवाब नहीं देती। स्वाति ने ही तो उसे बताया था कि हाथी चले बाज़ार कुत्ता भूँके बार-बार। कुत्ता हो या कुतिया, मीनू को कोई फ़र्क नहीं पड़ता था।

कभी-कभी तो काजल से बिंदी की जगह ऐसी कलाकारी करती, कि स्वाति जल-भुन जाती। कभी साँप का चित्र बनाती तो कभी त्रिशूल का; कभी गोल कभी चौकोर, कभी तिकोना; तरह तरह के फूल पत्ती वाले डिज़ाइन... स्वाति कोशिश भी करती तो उससे नहीं बनता।

जिस दिन साँप का बनाती, उस दिन लड़के चिढ़ाते, "आज डँसने का इरादा है।" वो बस मुस्कुराकर देखती हुई निकल जाती। जिस दिन त्रिशूल बनाती, उस दिन कहते "आज तो दुर्गा मैया।" जब फूलपत्ती बनाती, तो कहते "लो अब फूल बेल पत्ता भी ख़ुद ले आई है।" मीनू हमेशा ही बस मुस्कुराकर रह जाती। स्कूल भर में उसकी चर्चा होती। जहाँ चार लड़के जमा होते, उसकी ही बात होती; आखिर हो भी क्यूँ न... जब से मीनू, अमिताभ बच्चन से माधुरी दीक्षित बनी थी, सबका दिल धक-धक करने लगा था।

रिज़ल्ट आ गया था। मीनू सारे विषय में पास हो गई थी... बस पास। स्वाति मैथ में फ़ेल हो गई थी। लड़कों ने जमकर मज़ाक़ उड़ाया, लेकिन मीनू बस मुस्कुराती रही।

लेकिन काजल को उसकी हँसी नहीं दिखती थी, वो हँसी के पीछे का दर्द महसूस करती थी। उसे डर लगने लगा था कि कहीं मीनू के अंदर का दर्द अंदर ही अंदर पककर विस्फोटक न बन जाये।

* * *

मम्मी-पापा की समझ से तो मीनू को किसी की नज़र लग गई थी।

मीनू न सिर्फ़ उनकी पहली संतान थी, बल्कि आँखों का तारा थी; कलेजे का टुकड़ा थी। शादी के कई सालों बाद तक जब उनके यहाँ कोई किलकारी नहीं गूँजी, तब कई देवी देवताओं के दर्शन और सैकड़ों मन्नतों के बाद मीनू का जन्म हुआ था।

उन्हीं मन्नतों को पूरा करने में मीनू के बाल छोटे ही रहे, जिसकी उसे आदत हो गई। जब तक छोटू नहीं आया, तब तक मीनू ही उनके लिए बेटा थी; वे उसे लड़कों वाले कपड़े ही पहनाते। छोटे बाल और लड़कों के कपड़े पहन-पहनकर, बाहरी तौर पर वो लड़का बन चुकी थी; लेकिन जबसे मीनू ने लड़कियों सा पहनावा और बर्ताव शुरू किया था, वो ख़ूबसूरत लगने लगी थी; पढ़ने में तो पहले से अच्छी थी... इसलिये सहेलियाँ भी आजकल जलने लगी हैं।

गर्मी की छुट्टियाँ शुरू हो गयीं। "कुछ दिन के लिए यहाँ से कहीं दूर ले जाती हूँ इसे..." मम्मी को एक रास्ता नज़र आया था।

"हाँ, अपने पीहर चली जाना, वहाँ नानी के प्यार दुलार से सब ठीक हो जायेगा और अपने ममेरे भाई बहन से भी मिल लेगी।" पापा ने कहा

'जी!'

काजल, अकेली ही मीनू के घर गई थी। उसे देखकर मीनू की मम्मी ख़ुश नहीं हुई थीं, लेकिन अंदर आने से मना भी नहीं किया।

"काजल, तुम?" मीनू ने चौंकते हुए पूछा था।

"कैसी हो मीनू?"

"जैसी पहले थी।"

"पहले जैसी तो नहीं दिख रही!"

"तुम्हारा नज़रिया बदल गया है।"

"..या तुम बदल गई हो?"

"बदल तो तुम भी गई हो।"

"हाँ; सबकुछ बदल गया... तुम, मैं और हमारी दोस्ती।"

"दोस्ती से भरोसा उठ गया।"

"तुमने दोस्ती पर भरोसा किया ही कब था मीनू?"

मीनू अवाक् उसे देखने लगी।

"हाँ, हम तुमसे पूछते रहे, तुम छुपाती रहीं; शुरूआत तुमने की थी, लेकिन अब मैं सब जान गई हूँ।"

"क्या जान गई हो?"

"वही, जो तुमने छुपाया था।"

"किसने बताया?"

"अमर ने।"

"अमर ने क्या बताया? उसे कैसे पता?"

"वो लड़का अमर का भाई है; उसका नाम स्वप्निल है, उसी के यहाँ रहकर पढ़ता है।" काजल ने उसे सब विस्तार से बताया।

"हे भगवान; तो ये सब प्लान करके किया गया था!" मीनू को कुछ समझ में नहीं आ रहा था।

"हाँ, लेकिन प्लान बनाने वाला ख़ुद प्लान का शिकार हो गया है।

'मतलब?' मीनू ने काजल की ओर देखा।

"मतलब ये कि उसे भी तुमसे इश्क़ हो गया है।"

"फिर वो अब आता क्यूँ नहीं?"

"उसे लगता है तुम उसे पसंद नहीं करती; लेकिन यहाँ तो तुम लैला बन बैठी हो।" काजल ने आँख मटकाते हुए कहा।

"हाँ, पढ़ना-लिखाई सब बंद है, उसके लिये ख़ून से चिट्ठी लिखी है, ये देखो; और एक वो बेख़बर है कि ज़रा भी परवाह ही नहीं; लगता है पागल हो जाऊँगी।" कहते हुए उसने ख़ून वाली चिट्ठी काजल को दिखा दी।

“हम तुम्हें पागल नहीं होने देंगे।” काजल ने आँख मारते हुए कहा। “लेकिन चिट्ठी मुझे भी तो पढ़ाओ, देखें तो सही, हमारी नई-नई माधुरी दीक्षित के दिल में क्या-क्या धड़कता है।”

“नहीं, ये उसके लिए है, वही पढ़ेगा।”

“पहले तुमने ये सब क्यूँ छुपाया?”

“स्वाति के घमंड के कारण; उसे लगता है वही ख़ूबसूरत है, लड़के उसी पर मरते हैं।

“लेकिन मुझे तो बता सकती थी!”

“मुझे लगा तुम दोनों ज़्यादा क्लोज़ हो।”

“मैं तो तुम दोनों से क्लोज़ थी, बल्कि हम तीनों क्लोज़ थे; और जैसे हम तुम्हारा ग़ुस्सा सहते थे, वैसे तुम स्वाति का घमंड सह लेती।”

“हाँ ठीक कह रही हो, लेकिन अब क्या; अब तो सब बिगड़ गया है।

“कुछ नहीं बिगड़ा है; दोस्ती में इतना तो चलता ही है; लेकिन अब सब ठीक हो जायेगा, बस छुट्टी के बाद स्कूल खुलने दो; हाँ, स्वाति को पता नहीं चलना चाहिये कि मैं तुम्हारे घर आइ थी।” कहकर वो चली गई।

“स्वप्निल... कितना सुंदर नाम है... सपनों सा सुंदर।”

मीनू को लगा, जैसे वो किसी लम्बी बीमारी से मुक्त हुई हो। उसमें नई स्फूर्ति का संचार हो गया था। उसे यक़ीन हो गया था कि अब सब ठीक हो जायेगा।

* * *

मीनू से बोलचाल बंद होने के बाद स्वाति की सबसे बड़ी समस्या मैथ बन गई थी। वो हर बात में मीनू से बेहतर थी, लेकिन सिर्फ़ मैथ था जो उसे समझ नहीं आती थी।

ग़र्मी की छुट्टियाँ शुरू होते ही स्वाति ने चौहान कोचिंग ज्वाइन करके

मीनू को मैथ में भी पीछे छोड़ने की क़सम खा ली थी। चौहान कोचिंग शहर का सबसे फ़ेमस कोचिंग था; वहाँ पढ़ने वाले ९९% रिज़ल्ट लाते थे। वहाँ इंजीनियरिंग, मेडिकल के लिये दसवीं से ही बच्चों को तैयार किया जाता था।

स्वाति ने पहले दिन ही वहाँ स्वप्निल को देखा। वो मैथ की क्लास लेने आया था। बढ़ी हुई दाढ़ी, बिखरे हुए बाल, बाहर निकली हुई शर्ट... जैसे महीनों से बीमार हो।

“ये कैसा टीचर है?” काजल को आश्चर्य हुआ था।

“टीचर नहीं है; हमारी तरह ही पढ़ने आता है, लेकिन इतना ब्रिल्यंट है कि कभी किसी टीचर के ऐब्सेंट होने पर ये क्लास लेता है।” एक पुराने स्टूडेंट ने बताया।

“लेकिन ये ऐसा क्यूँ रहता है?” काजल ने उत्सुकता से पूछा था।

“पता नहीं; पहले तो ठीक ही था, लेकिन कुछ महीनों से ऐसा ही है, जैसे कुछ लुट गया हो, उड़ा उड़ा सा।”

“शायद ज़्यादा पढ़कर पागल हो गया है।” काजल ने हँसते हुए कहा।

कोचिंग में वो रोज़ कहीं न कहीं दिख ही जाता। स्वाति तो उसे रोज़ देखती, लेकिन वो शायद ही कभी स्वाति की ओर देखता; जिससे स्वाति को बहुत ग़ुस्सा आता।

मेरी एक नज़र के लिये अच्छे-अच्छे तरसते हैं, ये पता नहीं ख़ुद को क्या समझता है, देखता तक नहीं।

अच्छा भला तो दिखता है, पता नहीं चरसी बना क्यूँ घूमता है।

स्वाति, आजकल हर वक़्त उसी के बारे में सोचती रहती है।

कहीं मुझे उससे प्यार तो नहीं हो गया... नहीं, मैं तो राकेश से प्यार

करती हूँ, क्यूँकि राकेश मुझसे प्यार करता है; वो क्लास में हमेशा फ़र्स्ट आता है... उसका रंग थोड़ा गहरा है, उसके प्यार के रंग की ही तरह; हाँ, अमर की तरह ख़ून से प्रेमपत्र कभी नहीं लिखा। मैंने एक बार कहा भी, कि अमर ने काजल को ख़ून से लेटर लिखा है, तो उसने कहा 'मेरी रगों में ख़ून नहीं तुम्हारा प्यार दौड़ता है, मेरी आँखों में देख सकती हो।' कितना प्यार करता है मुझसे, और मैं हूँ कि सारा दिन किसी और के बारे में सोचती रहती हूँ।

सोचते-सोचते कॉपी के पिछले पन्ने पर ख़ूबसूरती से डिज़ाइन करते हुए 'एस' कब लिख दिया, पता ही नहीं चला।

मैं तो 'आर' लिखना चाहती थी, ये क्या लिखा गया मुझसे!

* * *

"भाई कब तक ऐसे चलेगा?" अमर चिंतित था।

"जब तक उसे भूल न जाऊँ।" स्वप्निल का जवाब ग़मगीन था।

"कब तक भूलोगे?"

"कभी नहीं।"

"फिर भूलना ही क्यूँ चाहते हो?"

"क्यूँकि वो दुखी है, और ये दुःख उसे मैंने दिया है; और दुःख नहीं देना चाहता।

"दुःख नहीं दे सकते तो ख़ुशियाँ दे दो।"

"जो मेरे पास नहीं वो उसे कहाँ से लाकर दूँ?"

"हो सकता है तुम्हारे पास हो और तुम्हें ही नहीं पता हो; जैसे, होता तो कस्तूरी, मृग के अंदर ही है, फिर भी वो उसकी तलाश में इधर-उधर भटकता है।

"इश्क़ ने तुझे शायर बना दिया है।" स्वप्निल बहुत दिन बाद हँसा

था।

"तुम्हारे लिये जोकर भी बन जाऊँगा।"

स्वप्निल ने अमर को गले से लगा लिया।

मीनू की नानी उसे ख़ूब खिलाना-पिलाना चाहती थी, लेकिन मीनू को किसी खाने में स्वाद नहीं आता। नानी के यहाँ जाकर उसे लगने लगा था, जैसे वो स्वप्निल से बहुत दूर हो गई है; कम से कम एक ही शहर की हवा में साँस ले रहे थे... उनमें से कुछ हवाएँ उसे छूकर आती होंगी, और कुछ मुझे छूकर उसके पास जाती होगीं। अब तो दोनों को जोड़े रखने वाली हवा ही बदल गई है। उसकी आँखों में आँसू आ जाते।

आँसू पीते-पीते उसके गले में दर्द होने लगता है, लेकिन सबके सामने खुलकर रो भी नहीं सकती है। हाँ अकेले में ख़ूब रोती है... कभी-कभी लगता है उसे याद कर रोना ही उसकी क़िस्मत है।

काजल, स्कूल के दिनों में पनपने वाले प्यार को इतना seriously नहीं लेती। उसके लिये ये सब टाइमपास है; एक तरह का मनोरंजन है। जब तक जीवन है, प्यार-व्यार होते रहना चाहिए; experience हैं ज़िन्दगी के; लेकिन अंत में मम्मी-पापा की पसंद से ही शादी करनी चाहिए, क्यूँकि अपने बच्चे के लिए उनसे बेहतर फ़ैसला कोई नहीं ले सकता। ज़िन्दगी बहुत बड़ी है, आगे क्या होगा कोई नहीं जानता; और इतनी छोटी उम्र में बड़ी उम्र वाले फ़ैसले करने को वो मूर्खता समझती है, और ये मूर्खता उसकी सहेली कर चुकी है।

स्वप्निल और मीनू की ज़िन्दगी में आगे क्या होगा, ये तो वो नहीं जानती, लेकिन फ़िलहाल दोनों को मिलवाने का फ़ैसला वो ले चुकी है।

स्वाति को कुछ समझ में नहीं आ रहा था कि वो क्या करे। प्यार तो वो राकेश से करती है, लेकिन सारा दिन स्वप्निल के बारे में सोचती है, और स्वप्निल है कि उसकी तरफ़ देखता तक नहीं।

क्या मैं उसे ख़ूबसूरत नहीं लगती? इतना अच्छा इंग्लिश बोलती हूँ...

लड़के मुझे देखकर जी उठते हैं; ये कौन सा पाषाण है जो पिघलता ही नहीं मेरी आग से। स्वाति, मेनका बन, उस विश्वामित्र की तपस्या भंग करना चाहती थी। कोचिंग जाने से पहले वो भी ख़ूब तैयार होती।

छुट्टी वाले दिन उसे बहुत बेचैनी हो रही थी। कुछ समझ में नहीं आया तो काजल से मिलने चल दी।

"तो कोचिंग वाले मास्टर साहब को तुमसे प्यार हो गया है!"

"हाँ लगता तो ऐसा ही है।" स्वाति ने काजल को उलटा क़िस्सा सुनाया था; वो ये नहीं कहना चाहती थी कि मास्टर साहब से उसे प्यार हो गया है।

"लेकिन फिर राकेश का क्या होगा?" काजल ने शरारत से पूछा था।

"एक साथ दो लोगों से भी इश्क़ किया जा सकता है; स्कूल में राकेश से, कोचिंग में मास्टर साहब से।" स्वाति ने बहुत कॉन्फिडेंस से कहा था।

"एक साथ दो दो लड़कों से?" काजल को अजीब लगा था।

"क्यूँ, नहीं हो सकता क्या?"

"मुझे नहीं लगता; क्यूँकि दिल तो एक ही है, वो दो लोगों से कैसे प्यार कर सकता है।

"इतना क्या दिमाग़ लगा रही; हो सकता है ये प्यार हो ही न, बस जवानी का असर हो।" स्वाति ने सोचते हुए कहा। "कौन सा दो दो लड़कों से शादी कर रही हूँ जो आफ़त आ गई।" स्वाति ने आँख मारकर कहा।

"वैसे मास्टर साहब का नाम क्या है?"

'स्वप्निल।'

काजल चौंक गई थी। कहीं ये वही स्वप्निल तो नहीं? लेकिन उसने स्वाति से कुछ नहीं कहा।

स्कूल खुलने में कुछ ही दिन रह गए थे। मीनू वापस आ गई थी। आते

ही वो सबसे पहले काजल के घर गई।

"वो कैसा है?"

"मुझे कुछ नहीं पता; मैं तो अमर से मिली भी नहीं, लेकिन स्वाति आई थी; कह रही थी, चौहान कोचिंग में कोई स्वप्निल नाम का लड़का आता है, जो उस पर फ़िदा है।"

मीनू का दिल बैठ गया। आजकल स्वाति के लिये वो चौहान कोचिंग जाता है; इसीलिये मुझे नहीं मिलता।

"स्वाति, मैथ पढ़ने कोचिंग जाती है; वो वहाँ पहले से पढ़ने आता है; कह रही थी, पागलों की तरह रहता है, लेकिन बहुत इंटेलिजेंट है, engineer बनना है उसे।"

"हो सकता है कोई और हो।" मीनू, दिल को बहलाने के बहाने ढूँढ़ रही थी।

"ये तो स्कूल खुलने के बाद ही पता चलेगा कि दोनों एक ही हैं या अलग-अलग।"

"अगर एक ही हुआ तो?"

"तो क्या; अमर कह रहा था वो तुझसे प्यार करता है।"

"लेकिन स्वाति जो कह रही है..."

"स्वाति को तो अपने मुँह मियाँ मिट्ठू बनने की आदत है।"

"जल्दी ही सच्चाई का पता चल जायेगा, कि स्वप्निल को किससे प्यार है, तुमसे या स्वाति से।"

वैसे तो स्वाति, काजल से झूठ बोल आई थी, लेकिन सच तो ये था कि स्वप्निल उसकी तरफ़ देखता तक नहीं था, और ये बात वो बर्दाश्त नहीं कर पा रही थी।

ख़ून से लिखे लेटर के असर के बारे में ख़ूब सुना था; कि पढ़ने वाला

इमोशनल होकर प्रेम में पड़ जाता है। उसे डर तो बहुत लग रहा था, लेकिन स्वप्निल को पाने में कोई कसर नहीं छोड़ना चाहती थी, इसलिए पापा की पुरानी ब्लेड से अपनी उँगली काट ली, और लिख दिया स्वप्निल के नाम प्यार से लबालब प्रेम पत्र।

वे तीन जादुई शब्द।

"इक्स्क्यूज़ मी सर!" कहकर उसने स्वप्निल को आवाज़ दी।

"जी कहिये!" कहकर वो उसकी तरफ़ मुड़ा था। उसने शायद स्वाति को पहली बार देखा था।

"मुझे आपसे अकेले में कुछ बात करनी है।"

"कहिये, मैं अकेला ही हूँ।"

स्वाति ने पन्नों के बीच दबी हुई चिट्ठी वाली किताब उसे दे दी। वो अपने दिल का हाल उसे ऐसे नहीं बताना चाहती थी; किसी अकेले कोने में उसकी आँखों में आँखें डालकर उसके मुँह से I love you सुनते हुए चिट्ठी लेना चाहती थी, लेकिन तत्काल उसे यही सही लगा। "किताब है, घर जाकर देखियेगा।"

वो एल टी मिश्रा की केमिस्ट्री की किताब थी। "ये किताब मेरे पास है", कहकर स्वप्निल उसे किताब वापस करने लगा।

घर जाकर देखियेगा; इसमें आपके लिये कुछ है, जो आपके पास पहले से नहीं है।

स्वप्निल ने पन्नों के बीच से वो चिट्ठी निकाल, किताब उसे वापस दे दिया।

स्वाति, शर्माते हुए वहीं खड़ी थी, जब स्वप्निल ने कहा -"ऐसी ही एक चिट्ठी मैंने भी लिखी थी, लेकिन जवाब में कोरा काग़ज़ मिला; मैं आज तक उसका मतलब समझ नहीं पाया हूँ... ऐसा कोई भ्रम मैं आपको नहीं देना चाहता।" कहते हुए वो चिट्ठी भी स्वाति को वापस कर आगे बढ़ गया।

स्कूल खुल गया था। अब अँगुली काट ही ली थी, तो ख़ून बर्बाद क्यूँ होने दूँ, सोचकर स्वाति ने वो लेटर राकेश को दे दिया, इस हिदायत के साथ, कि किसी को बताना मत, नहीं तो सब मुझपे हँसेंगे। राकेश को लगा, छुट्टी में इतने दिन दूर रहकर स्वाति ने उसे बहुत मिस किया है। उसने सोच लिया कि वो भी इस पत्र का जवाब ज़रूर देगा, स्वाति को निराश नहीं करेगा। उसका जन्मदिन आने वाला है; कोई अच्छी सी कविता लिखकर देगा तो उसे अच्छा लगेगा।

* * *

काजल और मीनू को अमर से ये पता चल गया कि चौहान कोचिंग वाला और मीनू को रास्ते में मिलने वाला स्वप्निल एक ही है, और वो मीनू से ही प्यार करता है, किसी और से नहीं।

"लेकिन स्वाति तो कह रही थी..." काजल ने बात अधूरी छोड़ दी।

"स्वाति की तो झूठ बोलने की आदत पुरानी है; उसे लगता है दुनिया में उससे ज़्यादा कोई और सुंदर नहीं है, और सबको उसी से प्यार होगा। सिर्फ़ गोरा रंग ही सब कुछ नहीं होता; मुझे भी तो उससे नहीं, तुमसे प्यार हुआ।" कहकर अमर ने काजल को देखा था।

"शायद तुम ठीक कह रहे हो।"

"शायद नहीं पक्का; मैं भाई के साथ रहता हूँ, सच मुझे पता है।"
"तो एक काम करते हैं, दोनों को मिलाते हैं।" काजल ने सोचते हुए कहा।

"अरे, इसमें मुश्किल क्या है; मैं आज ही जाकर भाई को बताता हूँ।"

"नहीं ऐसे नहीं; कुछ अलग होना चाहिये।"

'मतलब?'

"मतलब ये कि दोनों अलग क़िस्म के प्रेमी हैं, हमारी तरह आम नहीं; इनका मिलना भी ख़ास ही होना चाहिये... वो आजकल कहते हैं न, डेट... तो इनकी डेट प्लान करते हैं।"

''मेरे पास एक प्लान है।'' अमर ने चहककर कहा।

''वैसे भी सब तुम्हारे ही प्लान का किया धरा है।'' काजल ने उसे ग़ुस्से से देखते हुए कहा।

''मेरे प्लान ने अगर बिगाड़ा है, तो ठीक भी मेरा प्लान ही करेगा, देख लेना... तुम मीनू को लेकर आना और मैं भैया को।'' अमर ने प्लान को पक्का बनाते हुए कहा।

''कहाँ, और कैसे?'' काजल को कुछ समझ नहीं आया।

''वो तुम सोचो।''

''ठीक है, एक दो दिन का वक़्त दो।''

ये सारी प्लानिंग स्वाति से छुपकर हो रही थी, और स्वाति समझ रही थी, उससे दूर जाकर प्रेम प्यार की बातें हो रही हैं।

''मुझे तुमसे ज़रूरी बात करनी है!'' स्वाति के साथ बैठी काजल से अमर ने कहा, तो उठकर जाने लगी।

''तुम दोनों आजकल अकेले में बहुत बात करते हो, कहीं भागने वागने का प्लान तो नहीं बना रहे?'' स्वाति ने आँख मारते हुए पूछा।

''नहीं, एक साथ कुएँ में कूदने का।'' काजल ने हँसते हुए कहा और आगे बढ़ गई।

''शहर में एक ज़बरदस्त रेस्ट्राँ खुला है।'' अमर ने चहकते हुए कहा,

''उसमें छोटे-छोटे केबिन बने हुए हैं पर्दे के साथ; प्रेमियों का नया अड्डा।''

''ये उनकी पहली मुलाक़ात है, ज़्यादा मत सोचो।'' काजल ने उसकी कल्पना पर ऐसे ब्रेक लगाया, जैसे रोड पर सरपट दौड़ती गाड़ी को स्पीड ब्रेकर।

''ये अलग क़िस्म के प्रेमी हैं; ऐसे प्रेमी जब पहली बार मिलते हैं तो

अपनी भावना पर क़ाबू नहीं रख पाते हैं।'' अमर ने हिंदी फ़िल्म के दृश्यों को याद करते हुए कहा हैं।

''ये ज़िन्दगी हिंदी फ़िल्म नहीं।''

''फ़िल्म की कहानी भी ज़िन्दगी से ही ली जाती है।'' अमर ढिठाई पर उतर आया था।

''ठीक है, ठीक है... कब आना है?''

''कल; तुम दोनों स्वाति के घर जाने के बहाने से वहाँ आ जाना।

''घर पर क्या कहूँगी?''

''कहना स्वाति बीमार है, तुम दोनों उसे देखने जा रही हो।''

''छुट्टी वाले दिन नहीं आ सकते? मतलब संडे को।'' वो थोड़ी डरी हुई थी।

''नहीं, छुट्टी वाले दिन कोई देख सकता है।''

''कल स्वाति के घर जाकर पढ़ने के बहाने से स्कूल मत आना।'' काजल ने एक छोटी सी पर्ची में लिख, स्वाति से नज़र बचाकर, मीनू को दे दिया। मीनू और काजल आपस में पर्चियों से बात करते थे, वो भी स्वाति से नज़र बचाकर... प्रेम के लिये प्रेमियों की तरह।

नानी के घर से वापस आकर मीनू ख़ुश रहने लगी थी। उसे पता चल गया था कि स्वप्निल उससे प्यार करता है। वो अब उस वक़्त के इंतज़ार में थी, जब पहली बार स्वप्निल से आमने-सामने मिलेगी।

ख़ूब लड़ेगी, कि मैं पहले ही ठीक थी, क्यूँ बदल दिया मुझे; और जो बदल दिया तो फिर गये क्यूँ।

क्या प्यार का मतलब दर्द और आँसू होता है?

* * *

मम्मी-पापा मीनू को ख़ुश देखकर ख़ुश थे। शायद सहेलियों में हुई लड़ाई की वजह से दुखी रहती थी, काजल के आने-जाने से ख़ुश रहने लगी है।

"मम्मी! आज स्कूल जाने का मन नहीं है, कम्बाइन स्टडी के लिए स्वाति के घर जाऊँगी।"

बहुत दिन के बाद आज मीनू की आँखों में चमक थी।

मीनू और काजल अपने चेहरे को दुपट्टे से ढँककर सबकी नज़र से बचते हुए रेस्ट्राँ पहुँच गये थे।

मीनू का दिल, कमरे की छत से लटके पंखे की तरह आवाज़ करते हुए बहुत तेज़ी से धड़क रहा था।

काजल ने मौक़े की नज़ाकत को भाँपते हुए एक शे'र मारा।

"ये इश्क़ नहीं आसां, बस इतना समझ लीजे
इक आग का दरिया है, और डूब के जाना है।"

मीनू बस मुस्कुराकर रह गई।

छोटे से केबिन में एक स्टूल से थोड़ा बड़ा टेबल और दो कुर्सियाँ... एक कुर्सी पर बैठी मीनू को देखकर स्वप्निल बुत सा हो गया। धीरे से स्वप्निल की तरफ़ हाथ बढ़ाकर मीनू ने अपनी बंद मुट्ठी खोल दी।

उसकी हथेली पर एक मुड़ा-तुड़ा काग़ज़ का चिट्ठीनुमा टुकड़ा था। स्वप्निल ने उठा लिया। उसकी भीगी हुई हथेली का गीलापन, स्वप्निल की उँगलियों से छू गया। हल्का सा करेंट जैसा मीनू को सर से पाँव तक सिहरा गया।

चिट्ठी पढ़ते हुए स्वप्निल की पनीली आँखें बह चलीं। एक बूँद आँसू, और ख़ून की बूँद से लिखी गई चिट्ठी का एकाकार हो गया।

उसने हाथ बढ़ाकर मीनू का हाथ अपने हाथों में ले लिया।

दोनों में तय हो गया था कि इस तरह दुबारा नहीं मिलेंगे; पहले की तरह स्वप्निल उसे रास्ते में दिखेगा।

दूसरे केबिन में काजल और अमर सोच रहे थे कि स्वाति को ये सब कैसे बताया जाय, और दोनों की दोस्ती कैसे कराई जाय।

"कल स्कूल में, और कैसे! अमर ने तुरंत कहा।

"वो तो ठीक है, लेकिन स्वाति भी स्वप्निल से प्यार करती है, और कहती है कि, स्वप्निल उससे।"

"वो प्यार नहीं करती, झूठ बोलती है... स्वाति को रोज़ किसी न किसी से प्यार होता रहता है; कोई और मिल जायेगा तो स्वप्निल को भूल जायेगी।"

"सही कहा तुमने; स्वाति और मीनू में बहुत फ़र्क है; मीनू शायद कभी किसी और से प्यार नहीं कर पायेगी।"

"और भाई भी।"

* * *

स्वाति का जन्मदिन है।

मीनू के रास्ते में स्वप्निल पहले की तरह इंतज़ार कर रहा था। एक दूसरे को देख भर लेने से दिन भर की ऊर्जा का संचार हो गया था।

प्लान के मुताबिक़ काजल, मोड़ पर पहले से खड़ी थी। स्वाति, मीनू के बाद आयी। उसके आते ही सबसे पहले मीनू ने अपने बैग से पीला गुलाब निकालकर उसे देते हुए जन्मदिन की बधाई दी।

"तुम्हें याद था; मुझे लगा भूल गई होगी।"

"कभी भूली थी जो आज भूलती!"

"नहीं, इन दिनों काफ़ी बदल गई हो; पहले जैसा कुछ रहा नहीं।" स्वाति ने ताना मारा।

“मुझे किसी से प्यार हो गया है, और ये बात तुमसे छुपाने के लिये मैं तुम दोनों से माफ़ी माँगती हूँ।” उसकी बात काटते हुए मीनू ने एक ही साँस में कह दिया।

“वो तो हमें बिना तुम्हारे कहे ही पता है, लेकिन किससे?” स्वाति ने ग़ुस्सा छोड़ उत्सुकता दिखाई थी।

“स्वप्निल नाम है उसका, मुझे रोज़ रास्ते में मिलता था।”

“...और अमर का भाई है।” इस बार काजल ने मीनू के मुँह से छीनकर बात पूरी की।

“तो तुमको शुरू से सब पता है?” स्वाति ने ग़ुस्से से पूछा।

“मुझे भी अभी-अभी स्कूल खुलने पर अमर से पता चला।”

तीनों चुप हो गई थीं।

“वैसे माफ़ी तो तुम्हें भी माँगनी चाहिए स्वाति!” काजल ने कहा।

“क्यूँ? मैं क्यूँ माफ़ी माँगूँ?”

“क्यूँकि तुमने लड़ाई की थी।”

“क्यूँकि मीनू ने बात छुपाई थी।” स्वाति ने विरोध किया।

“जाने दे काजल, मुझे नहीं मँगवाना माफ़ी; स्वाति सही कह रही है, ग़लती मेरी है।”

“क्या संयोग है कि कोचिंग में स्वप्निल नाम का एक लड़का मुझपे फ़िदा है।” स्वाति के बोलने के लहजे से साफ़-साफ़ झलक रहा था कि वो मीनू को जलाना चाहती है, जिसका मीनू पर ख़ूब असर भी हुआ था। स्वप्निल नाम सुनते ही उसका चेहरा सफ़ेद हो गया।

“तुमने क्या किया?” काजल ने तुरंत सवाल दाग दिया।

“मैं जिससे प्यार करूँगी वो कोई ख़ास ही होगा, कोई राह चलता

नहीं... राकेश स्कूल का टॉपर है, अमर की तरह बेवक़ूफ़ नहीं।''

उसने एक ही तीर से दो शिकार किया था।

उनकी दोस्ती पहले जैसी नहीं रही, उसमें दरार आ गयी थी। जवानी में दोस्ती, काँच सी नाज़ुक होती है... ज़रा सी चोट लगते ही दरक जाती है, और इश्क़, सूरज के आग-सा सब तबाह कर देता है।''

उनकी जवानी को इश्क़ की आग ने छू लिया था। उनकी दोस्ती तबाह हो गई थी।

लड़कों ने आज फिर तीनों को साथ देखकर ताना कसा, ''ये त्रिमूर्ति तो फिर से त्रिशक्ति बन गई।''

तीनों, सर झुकाकर आगे बढ़ गईं।

मीनू ने कुछ नहीं कहा, क्यूँकि पहले जैसा कुछ भी नहीं था।

''मीनू को प्यार होने का एक फ़ायदा तो हुआ, कि अब लड़कों से लड़ाई नहीं होती।'' स्वाति ने कटाक्ष किया।

''लड़कों से लड़ाई नहीं होती तो क्या हुआ, हम तो आपस में लड़ते हैं न।'' काजल ने भी व्यंग्य किया।

''काजल! तुम कुछ ज़्यादा नहीं बोलने लगी हो?'' स्वाति को ग़ुस्सा आ गया था।

''सिर्फ़ तुमको बोलने का राइट तो नहीं मिला है न!'' काजल को भी ग़ुस्सा आ गया था।

''आज ही तो फिर से दोस्ती हुई है, और आज ही लड़ाई कर लोगी क्या!'' मीनू ने दोनों को शांत किया।

स्वाति चुप तो हो गई, लेकिन धीरे से बुदबुदा दी थी, कि सौ-सौ चूहे खाकर बिल्ली चली हज को, जिसे काजल और मीनू ने सुनकर भी अनसुना कर दिया।

क्लासेज़ शुरू हो गई थीं। आज बहुत दिनों बाद तीनो सहेलियाँ एक साथ बैठी थीं।

'क्या संयोग है कि कोचिंग में स्वप्निल नाम का एक लड़का मुझपे फ़िदा है।' स्वाति की कही गई ये बात मीनू के दिमाग़ में घूम रही थी। स्वप्निल उसे धोखेबाज़ लगने लगा। उसे तो लड़कियों के इमोशन से खेलने की आदत है; पहले मुझे फँसाया और अब स्वाति को। वैसे भी इस उम्र में लड़कियाँ प्रेमपत्र पढ़कर भावुक हो जाती हैं, जैसे मैं हो गई थी।

लेकिन उसकी आँखों में आँसू... वो तो झूठ नहीं थे। उसने तो मेरे रास्ते में आना भी बंद कर दिया था। अगर काजल और अमर प्रयास नहीं करते, तो शायद उसे कभी पता भी नहीं चलता कि मैं उससे कितना प्यार करती हूँ।

काजल सच कहती है, मुझे जलाने के लिये स्वाति झूठ बोल रही होगी।

जब वे तीनों एक साथ बाथरूम गई थीं, राकेश ने मौक़ा देखकर एक लिफ़ाफ़ा काजल के बैग में रख दिया

स्वप्निल के झूठ और सच का पता तो करना पड़ेगा, कि वो सच में किससे प्यार करता है? कहीं स्वाति और मीनू के साथ टू टाइमिंग तो नहीं कर रहा। काजल, सोचकर परेशान हो रही थी।

स्वाति को बैग खोलते ही वो पत्र दिख गया, और मन ही मन कुछ सोच कर वो मुस्कुरा उठी।

उस दिन जब स्वाति की नज़र स्वप्निल पे पड़ी, तो उसके दिल में हूक सी उठी। शर्ट इन था, शेव बनी हुई थी, और स्टाइल से कंघी किये गीले बाल। इसे मीनू ही मिली थी; सावन का अंधा है शायद।

पास जाकर उसने स्वप्निल को हाय कहा।

स्वप्निल ने हेलो कहा। बहुत ख़ुश था आज वो।

"मैं मीनू की फ्रेन्ड स्वाति हूँ।"

"आप स्वाति हैं, और इतने दिन तक मुझे पता भी नहीं चला।" स्वप्निल ने अफ़सोस ज़ाहिर किया।

मन किया कह दे कि तुमने तो मेरी तरफ़ देखने की ज़हमत भी नहीं उठाई, लेकिन उसने कहा "कल ही मुझे काजल से मीनू और आपके बारे में पता चला," स्वाति की ज़ुबान में एक कड़वापन था, जिसे स्वप्निल ने महसूस तक नहीं किया। "आप मीनू को मेरे ख़त के बारे में कुछ मत बताना प्लीज़, नहीं तो उसे बुरा लगेगा।" स्वाति ने कहा।

"नहीं बताऊँगा, क्यूँकि मैं उसे और दुख नहीं दे सकता।" कहकर वो चला गया।

अगले दिन उसने राकेश का पत्र मीनू और काजल को दिखाते हुए कहा, "देखो स्वप्निल ने कल मेरे जन्मदिन पर कितनी सुंदर कविता लिखी है।"

वो एक प्रेम गीत था।

सनम तुम्हारा जनम दिन, मेरे लिए है ख़ास दिन।

पढ़ते ही मीनू की आँखों में आँसू आ गये, और स्वाति के चेहरे पर ख़ुशी।

काजल ने अमर को आड़े हाथों लिया। "स्वप्निल को यही सब करना था तो तुमने मुझे क्यूँ शामिल किया?"

"क्या किया स्वप्निल ने?"

काजल ने पूरी बात विस्तार से उसे बता दी।

"झूठ बोल रही है वो; बहुत घटिया है ये स्वाति... इसे बर्दाश्त नहीं हो रहा है कि जिसे वो पसंद करती है वो मीनू को पसंद करता है, उसे नहीं।

स्वप्निल को तो कविता और कविता लिखने वालों से चिढ़ है। वो

कविता लिखने को emotional diarrhoea कहता है; हाँ, कल देर रात तक मीनू के लिए एक चिट्ठी लिखी है।

"आखिर स्वाति इतना झूठ कैसे बोल सकती है?" काजल असमंजस में थी।

"उसके बहुत आशिक़ हैं, किसी ने लिखी होगी; वो मीनू को जलाने के लिये स्वप्निल का नाम ले रही है।"

मीनू, अकेले में काजल से बात करना चाहती थी, लेकिन स्वाति मौक़ा नहीं दे रही थी।

उसका मन व्याकुल हो रहा था। अंतर छटपटा रहा था। ज़ोर-ज़ोर से रोना चाहती थी। लोग सच कहते हैं कि प्यार हमेशा दर्द देता है; तो फिर लोग प्यार में पड़ते ही क्यूँ हैं? लेकिन कोई जानबूझकर तो प्यार में नहीं पड़ता न।

मीनू का किशोर मन उन सवालों के जवाब ढूँढ़ रहा था, जिसे आज तक कोई खोज नहीं पाया।

क्यूँ प्यार में किसी की आँखें सागर सी लगती हैं? क्यूँ उसकी ख़ुशबू गुलशन सी लगती है? क्यूँ लगता है कि उसकी बातें कभी ख़त्म न हों? क्यूँ मन उसके सामीप्य के लिये तरसता है? क्यूँ उसे देखकर दिल की धड़कन बढ़ जाती है? पता नहीं।

वो गुमसुम उदास थी। स्वाति चहक रही थी। उसने आग लगा दी थी और मीनू जल रही थी।

स्कूल से वापस आते हुए ऐसा लग रहा था मानो तीनों को साँप सूँघ गया हो। सधे क़दम तय रास्ते पर तेज़ी से चल रहे थे, और दिमाग़ अलग-अलग मंज़िलों की तलाश में।

काजल की कुछ समझ में नहीं आ रहा था कि स्वाति क्या कर रही थी। भगवान जाने सच क्या है! अमर सच कह रहा है या स्वाति? वो हैरान थी।

कहीं सच में स्वप्निल ऐसा हुआ तो... मीनू तो मर ही जायेगी।

पता नहीं ऐसी शक्ल की क़िस्मत में भगवान handsome लड़के क्यूँ लिखते हैं। स्वाति का मन वितृष्णा से भर गया। लेकिन मैं इसकी क़िस्मत में ऐसी आग लगाऊँगी जो फिर गंगाजल से भी शांत नहीं होगी।

इस बीच वो अमर को भूल ही गई थी, जो शायद उसकी ग़लती थी।

मोड़ आ गया था। तीनों एक दूसरे को बाय बोलकर अपने-अपने रास्ते पर आगे बढ़ गई थीं, कि काजल ने कहा "स्वाति! आज मैं तुम्हारे घर आऊँगी, मुझे हेमलेट समझना है।"

"नहीं आज नहीं, फिर कभी आना काजल; आज मुझे कुछ काम है।"

काजल उसे कुरेदकर उससे सच सुनना चाहती थी, लेकिन स्वाति ने बहाने से उसे टाल दिया।

मीनू को रास्ते में स्वप्निल मुस्कुराता हुआ दिखा और वो सारे ग़म भूल गई। स्वाति, जन्मदिन और कविता सब भूल गई, याद रहा तो सिर्फ़ स्वप्निल और उसकी स्माइल, जो मीनू को देखकर उसके चेहरे पर आई थी। वो भी स्वप्निल को स्माइल देकर आगे बढ़ गई, कि पीछे से स्वप्निल ने आकर उसके हाथों में एक ख़त पकड़ा दिया।

स्वप्निल की स्माइल झूठी नहीं, वो कविता भी झूठी नहीं, और ये ख़त भी नही; फिर सच क्या है? उसका दिमाग़ घूमने लगा।

घर पहुँचकर मीनू ने सबसे पहले स्वप्निल का ख़त पढ़ा। वो ख़त नहीं, तीन-चार पेज का दस्तावेज़ था; शुरू से अंत तक की कहानी का ख़ुलासा। अमर को थप्पड़ मारने से लेकर उस दिन रेस्ट्राँ में मिलने तक का किताबनामा... और अंत में मोहब्बत का लिखित इकरार, और भविष्य के लिये कुछ वादे।

वे वादे नहीं, जीवनदायी अमृत थे। स्वप्निल के इश्क़ में जी उठी थी मीनू... लहरों सी समंदर के इश्क़ में।

ठीक कहती है काजल, कि स्वाति झूठी है; ये ख़त झूठा नहीं हो सकता, ये वादे झूठ नहीं हो सकते... लेकिन वो कविता? उसका दिमाग़ फिर से घूम गया, और इतना घूम गया कि वो हैंडराइटिंग पर भी ध्यान नहीं दे पाई, कि स्वाति के दिखाये प्रेम पत्र, और इस प्रेम पत्र की राइटिंग अलग-अलग है।

अमर ने सीधे-सीधे स्वप्निल से पूछ लिया "भाई, तुम्हारा और स्वाति का क्या चक्कर चल रहा है?"

"मेरा और स्वाति का चक्कर?" स्वप्निल ने आश्चर्य से पूछा था।

"हाँ, आपने उसके बर्थडे पर एक कविता लिखी है न?"

"मैं और कविता!" उसे दुगना आश्चर्य हुआ था।

"ये तो मैं भी जानता हूँ; लेकिन स्वाति तो सबसे यही कह रही है।"

"क्या कह रही है?"

"आपने उसके जन्मदिन पर एक कविता लिखकर दी है; मीनू और काजल ने वो कविता पढ़ी भी है।" अमर ने बुझे स्वर में कहा।

"सच तो ये है कि एक दिन वो मेरे पास एक किताब देने के बहाने से चिट्ठी देने आई थी, लेकिन वो किताब और चिट्ठी मैंने उसी वक़्त उसे लौटा दिया; फिर कल उसने बताया कि वो तुम्हारी और मीनू की फ्रेंड स्वाति है, और उसकी चिट्ठी वाली बात मैं मीनू से नहीं कहूँ।" स्वप्निल ने अपनी बात ख़त्म की।

"अच्छा तो ये बात है; मुझे तो पहले से ही स्वाति पर शक था, कि ये सब उसका प्रपंच है; ठीक ही स्त्री को त्रिया चरित्र कहा गया है। मीनू पे इसका क्या असर हुआ?" अमर ने पूछा।

"शायद कुछ भी नहीं; स्वाति के प्रपंच में मेरे प्यार से ज़्यादा असर नहीं।"

“लेकिन फिर भी मैं स्वाति का पर्दाफ़ाश ज़रूर करूँगा।”

“जाने दो।”

“नहीं जाने दूँगा; भाभी को बहुत परेशान कर रही है वो; अपने आप को परी समझ रही है वो; लेकिन भाभी के आगे पानी कम है।”

स्कूल पहुँचते ही सबसे पहले उसने काजल को सारा सच बता दिया, कि कैसे स्वाति ने स्वप्निल को ख़ून से चिट्ठी लिखी थी, जो भाई ने उसे वापस कर दिया; और कल कह रही थी कि मेरी चिट्ठी वाली बात मीनू को मत बताना, उसे बुरा लगेगा।

“लेकिन वो कविता?”

“वो मैं अपने तरीक़े से पता लगाकर बताता हूँ।” कहकर, अमर सोचने लगा था कि कैसे पता लगाया जाय।

अमर का दिमाग़ कम्प्यूटर से भी तेज़ चल रहा था। कैसे स्वाति का सच सबके सामने लाया जाय। और संयोग से अमर और राकेश एक ही बेंच पर बैठे थे।

पंखे की हवा में फड़फड़ाते पन्नों के बीच, अमर को राकेश की कॉपी में कहीं-कहीं हाशिये पर दो दो पंक्तियाँ लिखी दिखीं। उसे समझते देर नहीं लगा कि प्रेम कविता लिखने वाला कवि कोई और नहीं, राकेश है।

अमर पर फिर से बदला लेने का भूत सवार हो गया था, इसलिये राकेश से पूछा “राकेश! periodic table समझने में थोड़ी मदद कर दोगे; शाम को तुम्हारे घर आ जाऊँ?”

“ठीक है आ जाना।”

आजकल व्योमकेश बक्शी देखकर अमर का दिमाग़ जासूसी हो गया था। उसने ठान लिया था कि स्वाति को बेनक़ाब करके रहेगा।

“यार राकेश! काजल का बर्थडे आने वाला है, उसे क्या गिफ़्ट दूँ

समझ में नहीं आ रहा है।'' PT समझते-समझते अमर ने राकेश से पूछा।

''पहले जो समझने आए हो वो तो समझ लो।'' राकेश ने चिढ़कर कहा।

''आजकल मुझे काजल के सिवा कुछ नहीं सूझता।'' अमर ने नाटकीय अन्दाज़ में कहा।

''इसलिये क्लास में भी नहीं समझते हो... मुझे देखो; पढ़ाई के वक़्त मैं सिर्फ़ पढ़ता हूँ, और जब स्वाति के साथ होता हूँ तो सिर्फ़ उसके साथ रहता हूँ।''

''तभी तुम्हें स्वाति मिली है, वर्ना हम जैसों को तो घास भी नहीं डालती।''

''हाँ, उसे इंटेलिजेंट लोग पसंद हैं।''

''तो इस इंटेलिजेंट ने स्वाति को बर्थडे पर क्या दिया था?''

''एक poem लिखी थी।''

''मुझे भी सुनाओ।''

''सनम तुम्हारा जन्मदिन, मेरे लिए है ख़ास दिन.... ''

''अरे ग़ज़ब; क्या यही पंक्तियाँ मैं काजल को दे सकता हूँ? वो क्या है न कि लड़कियाँ बहुत इमोशनल होती हैं; वो ख़ुश हो जायेगी, और मैं भी।''

''ठीक है... लेकिन पर्सनल है।'' और राकेश ने वो पूरी कविता उसे लिखकर दे दिया।

अच्छा है, इंटेलिजेंट लोग व्योमकेश बक्शी नहीं देखते। सोचकर मन ही मन अमर हँस पड़ा।

तीनों सहेलियाँ एक साथ स्कूल पहुँच गई थीं, और अमर राकेश की

लिखी कविता लेकर।

"स्वाति! तुम्हारे लिये स्वप्निल ने कुछ लिखकर भेजा है।" अमर ने उसकी तरफ़ एक पर्ची बढ़ाते हुए कहा।

"स्वप्निल मुझे क्यूँ कुछ लिख रहा है।" स्वाति घबरा गई थी।

"तुम्हारे बर्थडे पर कविता लिख सकता है, तो कुछ और भी लिख सकता है।"

स्वाति को काटो तो ख़ून नहीं। काजल को उसने घूरकर देखा। उसने शायद इतना नहीं सोचा था, लेकिन अब उसकी पोल खुल चुकी थी।

"स्वप्निल ने मुझे कोई कविता नहीं लिखी; राकेश ने लिखी थी।" उस वक़्त स्वाति को सच के सिवा कोई और रास्ता नहीं सूझा।

"फिर तुमने स्वप्निल का नाम क्यूँ लिया?"

"मीनू को तंग करने के लिये।"

"तंग करने के लिये या जलाने के लिये?" अमर ने ग़ुस्से से पूछा।" "मुझे सारी कहानी पता है स्वाति, कि कैसे तुमने पहले स्वप्निल को ख़ून से प्रेम पत्र लिखा, फिर उसे मना भी किया कि ये बात मीनू को मत बताना; और इधर तुम चाल पर चाल चल रही हो।

अमर ने मीनू को वो कविता देकर कहा, "भाभी, देख लो यही राइटिंग थी न?"

'भाभी!' ये सम्बोधन सुनते ही मीनू में अचानक ही बड़प्पन का भाव पनप गया था। "जाने दे अमर... मैं सच जान गई, मेरे लिए इतना काफ़ी है; अब किसी झूठ का कोई असर नहीं होगा मुझ पर।"

* * *

"मम्मी, मैं भी इंग्लिश पढ़ने चौहान कोचिंग जाऊँगी।" घर पहुँचते ही मीनू ने अपना बैग रखते हुए कहा। उसे अपनी प्रॉब्लम का हल मिल

गया था।

"अब तो स्वाति से दोस्ती हो गई है; उस दिन भी तो स्कूल छोड़कर तुम उसके घर गई थी।"

"हाँ मम्मी, लेकिन अब वो पहले जैसी नहीं रही, बदल गई है

...आपने भी तो पढ़ा होगा...

"रहिमन धागा प्रेम का, मत तोरो चटकाय।
टूटे पे फिर ना जुरे, जुरे गाँठ परि जाय।।"

"वो भी तो मैथ पढ़ने कोचिंग जाती है, और वो कोई Bernard Shaw थोड़ी है, जो उसे सब आयेगा।"

"ठीक है तुम भी चली जाना।"

स्वाति को कुछ समझ में नहीं आ रहा था, तो काजल के घर चली गई।

"तुमने जो भी किया वो ठीक नहीं किया स्वाति!"

"मैं बस मीनू के छुपाने के कारण उससे चिढ़ गई थी।" स्वाति ने सफ़ाई दी।

"छुपाया तो तुमने भी; बल्कि पूरी कहानी ही ग़लत बताई, कि स्वप्निल तुम्हें लाइन मारता है, जबकि उल्टा तुमने उसे प्रेम पत्र लिखा था।"

"हाँ, क्यूँकि मुझे सच बताने में शर्म आ रही थी, कि मुझ जैसी ख़ूबसूरत लड़की को वो देखता तक नही; और जब ये पता चला कि वो मीनू से प्यार करता है, तो मुझे उससे बहुत जलन हुई... और इश्क़ में ये सब जायज़ है काजल।"

"अगर इश्क़ में ये सब जायज़ है तो फिर इश्क़ ही नाजायज़ है।"

"अमर, अगर किसी और से प्यार करेगा, तब तुम्हें समझ आयेगा।"

“लेकिन मीनू दोस्त है हमारी।” काजल ने बहुत ज़ोर देकर कहा।

“प्यार सबसे ऊपर होता है काजल; दिल मजबूर हो जाता है।”

“और राकेश?”

“दिल को बहलाने का बहाना।” स्वाति ने आह भरते हुए कहा।

“और स्वप्निल से शिद्दत वाला इश्क़?”

“नहीं जानती; लेकिन जो नहीं मिलता, दिल उसकी क़द्र जानता है।” स्वाति ने दार्शनिकों वाले अन्दाज़ में कहा।

‘अब?’ काजल ने समझते हुए पूछा।

“पहले जैसा कुछ नहीं हो सकता है, क्यूँकि रिश्ते में इश्क़ की गाँठ पड़ गई है; शक्ल सूरत कुछ नहीं होती, क़िस्मत होती है; मम्मी हमेशा कहती है, दिल लगा गधी से, तो परी क्या चीज़ है।” स्वाति अपनी ही रौ में बोले जा रही थी।

2

और मैं आगे बढ़ गई

एक झटके के साथ ट्रेन अपनी जगह से हिली थी, लेकिन मैं अब भी अपने सामान के साथ अस्त व्यस्त खड़ी थी। कंधे पर रेयन के toys और food से भरा बैग, और कमर पर ख़ुद रेयन। मैंने उसे किसी ज़िद्दी माँ की तरह कस के जकड़ा हुआ था, और वो आम बच्चे की तरह मेरी पकड़ से छूटने की कोशिश कर रहा था।

कितना मुश्किल होता है छोटे बच्चे के साथ एक औरत क़ा अकेले सफ़र करना; लेकिन बहुत बार हमें वो करना पड़ता है, जो हम करना नहीं चाहते हैं।

मेरे साथ भी यही हुआ था। ज़िन्दगी की तमाम भागमभाग से थककर एक हफ़्ते के सुकून के लिए मम्मी के पास आई थी, और अब वापस जाते हुए जमशेदपुर बहुत बुरा लग रहा था। यहाँ एयरपोर्ट तो है, लेकिन उड़ानें नहीं हैं; और फ़्लाइट से जाने के लिये पहले जमशेदपुर से तीन-साढ़ेतीन घंटे तक रोड यात्रा कर राँची, फिर पटना होकर फ़्लाइट, दिल्ली, देर शाम

तक पहुँचती है। कुल मिलाकर पूरा दिन रास्ते में, और उसपे भी आराम नहीं।

सच तो ये है कि ट्रेन में सफ़र करने जैसा आराम किसी में नहीं; ऊपर से जैसे ही ट्रेन चलती है, रेयान को नींद आ जाती है। इसलिये मैं जमशेदपुर आने-जाने के लिए ट्रेन पसंद करती हूँ, और हमेशा की तरह इस बार भी टिकट, भुवनेश्वर राजधानी के 'टू सीटर' कम्पार्टमेंट में ही मिला था, जो इस बार अकेले होने के कारण समस्या बन गई। बंद कम्पार्टमेंट में किसी अजनबी के साथ... कोई पुरुष हुआ तो? मन में कैसे-कैसे डरावने खयाल आ रहे थे। आये दिन महिलाओं के साथ होने वाली घटनाओं की याद से मेरे रोंगटे खड़े हो गए। मैंने अपनी सीट बदलवाने की सोची और टीटीई के इंतजार में खड़ी रही।

अक्सर जिस बात से आप डरते हैं, आपके साथ वही हो जाता है। टीटीई के आने से पहले, बहुत तेजी से एक थका हुआ आदमी अंदर दाखिल हुआ; उसकी ट्रेन छूटते-छूटते बची थी शायद। ऐसे वक़्त में इंसान सिर्फ़ अपनी जगह पाने की जल्दी में होता है... और इस जल्दी में वो मुझे नहीं देख पाया; लेकिन मैं तो उसे देखते ही निश्चिन्त हो गई।

रेयान को बिठाकर मैं भी अपना पैर मोड़, अपनी सीट पर आराम से बैठ गई।

वो आदित्य था; मेरे बचपन का संसार। असल में ये कहानी उसी से शुरू होती है... लेकिन ज़िन्दगी की कहानी में किरदार बदलते रहते हैं। मेरी ज़िन्दगी की कहानी का अहम् किरदार भी बदल गया था।

आदित्य के हाथ में एक लैपटॉप बैग के अतिरिक्त, एक बड़ा सा ट्रैवलिंग बैग था, जिसे सामान रखने की जगह पर रखकर उसने मेरी ओर सर उठा के देखा, क्योंकि मेरा बैग अब भी सामने पड़ा था।

"वनिता तुम!" उसकी आँखें ज़रा से आश्चर्य से फैल गई थीं।

"कैसे हो आदित्य?"

"अच्छा हूँ, तुम कैसी हो?"

"मैं भी अच्छी हूँ।"

"थैंक गॉड आदित्य, तुम हो; अब मुझे अपनी जगह बदलने की जरूरत नहीं।" मैंने बहुत ख़ुश होकर कहा थी; लेकिन हमेशा की तरह मेरी ख़ुशी पर उसने तुरंत ही अपनी कड़वाहट फेर दी।

"सब कुछ तो तुमने ही बदला था वनिता; मैं तो हमेशा से वैसा ही रहा हूँ; तुम मुझे छोड़कर ज़िन्दगी में आगे बढ़ गई थीं, लेकिन मैं वहीं रह गया जहाँ तुम छोड़कर गई थीं, भावनात्मक रूप से अकेला... लेकिन तुम्हें इससे क्या... ख़ैर; क्या मैं तुम्हारे बैग्स भी रख दूँ?"

मन तो किया कह दूँ, सच कह रहे हो; तुम आज भी ठीक वैसे ही हो, कड़वे कसैले। लेकिन औपचारिकता बस, "अगर तुम्हें कोई तकलीफ न हो तो।" कहा।

"तुम्हारे लिये कुछ भी करके मुझे ख़ुशी ही होती है वनिता।" कहते हुए उसने मेरे बैग्स भी अंदर रख दिए।

ब्लू जीन्स और लेमन येलो फुल स्लीव शर्ट में आदित्य आज भी उतना ही हैंडसम लग रहा था; हाँ उसके घने बालों की मोटी-मोटी लटों से सफेदी झाँकने लगी थी, जिसका कारण धूप नहीं था।

बाल अगर वक़्त के साथ सफ़ेद हों तो आम बात होती है, लेकिन अगर वक़्त से पहले सफ़ेद हों तो कोई और बात होती है।

अचानक ही मेरे फ़ोन की घंटी बजने लगी। ऊपर nick फ़्लैश हो रहा था।

मैंने फोन उठाते ही कहा, "मैं आपको कॉल करने ही वाली थी।"

"इसे ही तो टेलीपैथी कहते हैं नीता।" निक बहुत खुश हो रहा था।

वैसे तो आदित्य ऊपर अपनी सीट पर चला गया, लेकिन मैं उसकी

उपस्थिति को नज़रअंदाज़ नहीं कर पा रही थी, इसलिए सिर्फ़ हम्म ही कहा।

"मैं कल एक हफ्ते बाद आपको देखूँगा!" निक ने कहा, तो मैंने कहा,- "और मैं भी आपको।"

'हाँ।'

"अच्छा अब रखो, कल तो मिल ही रहे हैं।" मैं अब भी असहज थी, और निक समझ गया था।

"आप हमेशा दूसरों के सामने बात करते हुए नर्वस फील करती हो।"

"हाँ जी; आप तो जानते ही हो"।

"ठीक है, सेफ जर्नी, कल तो मिल ही रहे हैं।"

"हम्म बाय..." कहकर मैंने फ़ोन रखना चाहा, लेकिन रेयान पापा पापा कहकर मेरा हाथ खींच रहा था। मैंने उसे फ़ोन दे दिया, क्योंकि दो पुरुष आपस में ज्यादा देर तक बातें नहीं करते हैं इसलिये रेयान ने फोन रखकर अपने ब्लॉक बुक से खेलना शुरू कर दिया। अचानक ही उसने कहा, "मम्मा! ये ट्रेन है, aeroplane नहीं है।" शायद उसने अपने ब्लॉक बुक में A फ़ॉर aeroplane की पिक्चर देखी थी।

"हाँ बेटा ये ट्रेन है।"

"मम्मा मुझे ट्रेन से उतरकर पापा के पास जाना है।"

"अभी नहीं उतर सकते, क्यूँकि ट्रेन चल रही है; कल दिल्ली में रुकेगी तब उतरेंगे।"

"नहीं मुझे तो अभी उतरना है, अभी पापा के पास जाना है।" कहकर वो रोने लगा था। निक से बात करने के बाद, वो उसे और ज़्यादा मिस करने लगा था।

आमतौर पर ऐसा ही होता है, कि हम जिसे मिस करते हैं, उससे बात करने के बाद उसे और ज़्यादा मिस करने लगते है। मैं भी निक को बहुत

मिस कर रही थी।

"रोना बंद करो, नहीं तो ऊपर जो अंकल हैं वो तुम्हें मारेंगे; अंकल बहुत ग़ुस्से वाले हैं।" मैंने उसे डराया, और वो डर भी गया।

असल में रेयान को अंकल्स से एक ख़ास क़िस्म का डर है; और मैंने उसके डर का फ़ायदा स्थिति को सँभालने में किया था।

हालाँकि मैंने ये सब धीरे-धीरे फुसफुसाकर कहा था, ताकि आदित्य न सुने; लेकिन उसका कान शायद हमारी ओर ही था, इसलिये ऊपर से ही कहा, "नहीं बेटा, अंकल बच्चों को नहीं मारते; बल्कि किसी को नहीं मारते।"

"ओह, तुमने सुन लिया... माफ़ करना, मैंने सिर्फ़ इसे डराने के लिए कहा था।

"कोई बात नहीं; अगले stoppage पर मैं इसे नीचे घुमा लाऊँगा, लेकिन उसके पहले दोस्ती कर लूँ।" कहते हुए वो मेरी सीट पर आकर बैठ गया; ठीक मेरे बग़ल में, क्यूँकि रेयान को मैंने खिड़की की तरफ़ बिठाया था।

"हेलो बेटा! आपका नाम क्या है?" उसने रेयान से पूछा।

मैंने रेयान को हम दोनों के बीच बिठाते हुए कहा, 'रेयान'। क्यूँकि मैं जानती थी वो जवाब नहीं देगा; अजनबियों से मैंने उसे डराकर रखा था।

"बहुत प्यारा नाम है; ज़रूर निकेतन ने ही रखा होगा।"

उसका कटाक्ष समझने के बावजूद मैं किसी तरह की कड़वाहट नहीं घोलना चाहती थी, इसलिये सिर्फ़ शुक्रिया कहा।

स्वकेंद्रित लोग अपनी सहूलियत से अपनी सोच बदलते हैं। जब मैं उसके साथ थी तो कमतर थी, और अब, जब निकेतन के साथ हूँ तो बेहतर हूँ।

ख़ैर... रेयान थोड़ी देर में ही उसके साथ घुलमिल गया और खेलने लगा। आदित्य को शुरू से ही बच्चे बहुत अच्छे लगते थे। बच्चे बहुत जल्दी उसके हो जाते हैं... यही कारण था कि मुहल्ले के सभी बच्चे उसके दीवाने थे, और वो उन सबका फेव भैया।

ट्रेन की गति धीमी हो गई थी, शायद कोई स्टेशन आने वाला था। "मैं रेयान को लेकर नीचे जा रहा हूँ।" आदित्य ने कहा, तो मैंने ख़यालों से निकलकर चौंकते हुए कहा "शुक्रिया आदित्य!"

"शुक्रिया क्यूँ?"

"मेरी और रेयान की मदद करने के लिए बहुत-बहुत शुक्रिया।"

"शुक्रिया की ज़रूरत नही; तुम्हें पता है न बच्चे मुझे बहुत पसंद हैं।"

तुम्हारे कितने बच्चे हैं? मैं पूछना चाहती थी, लेकिन शायद ये समय उचित नहीं था।

"तुम्हें कुछ चाहिये?" जाते-जाते उसने मुझसे पूछा।

"नहीं नहीं, मुझे कुछ नहीं चाहिये।"

असल में मुझे वक़्त चाहिए था, और वो मिल गया था। मैंने तुरंत निकेतन को फ़ोन किया।

उधर से आवाज़ आई, "मुझे मिस कर रही हो?"

"हाँ; बहुत।"

"कल मैंने sick leave लिया है।"

"क्या हुआ? बताया क्यूँ नहीं?"

"क्या बताता; जब आपको पता है, I am love sick."

निकेतन से बात करते हुए मेरी आँखें बंद हो गई थीं; मैं उसे बिलकुल अपने पास महसूस कर रही थी। कुछ पलों में सारी दूरियाँ मिटने वाली थीं;

मैं उसके सीने से लगकर उसकी और अपनी धड़कन एक करने वाली थी, कि फ़ोन कट गया।

उस वक़्त फ़ोन कटना बहुत असहनीय था; ऐसा लगा, शरीर से किसी ने ख़ून निचोड़ लिया हो। फिर से फ़ोन लगाने वाली थी, कि सामने से आदित्य, रेयान के साथ आता दिखाई दिया।

ट्रेन ने फिर से गति पकड़ ली थी, और मुझे पता भी नहीं चला।

रेयान के हाथ में ढेर सारे चिप्स के पैकेट्स थे।

"अरे, इतने चिप्स क्यूँ लेकर आये, मैं तो पहले से ही बहुत सारा लेकर चली थी।"

"बच्चों के लिए कितना भी लेकर चलो, कम होता है; ये तुम्हारे लिए।" कहते हुए उसने एक बड़ा सा पैकेट मुझे दिया।

"शुक्रिया आदित्य, लेकिन मैं नहीं खाती।"

"पहले तो बहुत खाती थी!"

"हाँ, लेकिन अब डर लगता है कि मोटी हो जाऊँगी।"

"खा लो; बहुत pathetic लग रही हो।"

"पथेटिक तो मैं पहले भी लगती थी, जब तुम मुझे रोज़ चिप्स खिलाते थे।"

आदित्य सर झुकाकर बैठ गया था। शायद उसे मेरा जवाब बहुत कड़वा लगा था। सच हमेशा कड़वा ही होता है।

मैं जवाब नहीं देना चाहती थी, लेकिन कई बार जवाब नहीं देने पर सामने वाले को लगता है, उसने जो किया वो सही किया, और वो और भी प्रोत्साहित होता है।

लेकिन मुझमें और आदित्य में बाहरी रंग रूप के अतिरिक्त कई और विषमताएँ थीं। आदित्य को अपनी ग़लती का एहसास कभी नहीं होता था,

जबकि मुझे ग़लती करने के बाद ख़ुद ग़लती का एहसास हो जाता था।

"घर में सब कैसे हैं? मैंने फिर से बात शुरू की थी, क्यूँकि माहौल में घुली हुई उदासी, मेरे आरामदायक सफ़र को बोझिल बना रही थी।

"सब अच्छे हैं।"

"अनुज क्या कर रहा है?"

"वो विप्रो में है बैंगलोर में।"

"और तुम्हारे बीवी बच्चे।"

"मैंने शादी नहीं की।" कहते हुए उसने मुझे कुछ ऐसी नज़रों से देखा, जैसे कह रहा हो, "अब ये मत पूछना क्यूँ!"

और मैंने पूछा भी नहीं; मैंने उसकी आँखों के आदेश का पालन किया।

इस सबके बीच रेयान बिलकुल चुप था; उसे नींद आ रही थी।

"चलो खाना खा लेते हैं; it's dinner time"

"मैं अपना डब्बा लेकर आता हूँ।" कहकर, आदित्य ऊपर चला गया, तब तक मैंने प्लेट लगा लिया।

आदित्य का डब्बा खुलते ही यादों के स्वादिष्ट पकवान ललचाने लगे। लालन के हाथ का बना खाना; प्यार और स्वाद से भरा हुआ।

वैसे तो बच्चों को दुनिया में अपनी माँ के हाथ का खाना ही अच्छा लगता है, लेकिन मुझे मम्मी से ज़्यादा लालन के हाथ का खाना अच्छा लगता था; क्यूँकि वो भी माँ थी इसलिये।

लालन मीठे ताने भी दिया करती थी, "बहुत चालाक है ये लड़की; अच्छा-अच्छा कहकर, बाद में भी मुझसे ही खाना बनवाएगी।"

हम दोनों चुपचाप एक दूसरे का खाना शेयर करके खा रहे थे... ठीक

वैसे ही, जैसे बचपन में स्कूल में लंच शेयर करते थे। अगर रेयान को हर बाइट के साथ तुरंत तैयार की गई स्टोरी नहीं सुना रही होती, तो शायद हम दोनों के बीच की पथरीली ख़ामोशी पहाड़ों सी हठी हो गई होती।

रेयान खाना खाकर सो चुका था। अचानक ही आदित्य ने कहा "तुम बिलकुल अपनी मम्मी जैसी हो; तुम्हारे हाथ का खाना भी उतना ही स्वादिष्ट है।"

"तुम्हें मेरी मम्मी याद हैं?"

"मैं आसानी से लोगों को नहीं भूलता वाणी; जैसे तुम भूल जाती हो।"

वो आज भी बिलकुल वैसा था, जैसा कई साल पहले; ज़रा भी नहीं बदला था। उसके ताने चुभ रहे थे मेरे दिल की गहराइयों में। मुझे वहाँ दर्द हो रहा था, जहाँ निकेतन रहता है। मैंने दर्द कम करने के लिये सोते हुए रेयान की तरफ़ देखा।

रेयान, बिलकुल अपने पापा पर गया है। कई बार मुझे लगता है, जैसे वो निकेतन का मिनियेचर है... छोटा सा निकेतन। बोनसाई निकेतन को देखकर मेरा मूड अच्छा हो गया। मूड अच्छा होते ही मुझे चाय पीने का ख़याल आया, जो मैं अपने साथ लेकर आई थी।

"चाय पियोगे?"

"अभी नहीं मिलेगी, अगले स्टेशन पर लाता हूँ।"

"मैं लेकर आई हूँ।" कहते हुए मैंने चाय का फ्लास्क निकाल लिया।

चाय की पहली सिप के साथ उसने कहा- "वाह! इलाइची वाली चाय; लेकिन तुम तो चाय नहीं पीती थीं।"

"हाँ, लेकिन प्यार में इंसान सब सीख जाता है; मैं से तुम बन जाता है, और तुम से मैं।"

"मेरी और निकेतन की पसंद बिलकुल एक जैसी है, इलायची वाली चाय..." आदित्य ने फिर से कुछ अलग कहने की कोशिश की, और उसकी कोशिश कामयाब भी हुई, इसलिये मैंने तुरंत ही कहा, "लेकिन तुम्हें कड़वी पसंद है और उसे मीठी।"

उसे फिर मेरा जवाब पसंद नहीं आया, इसलिए गुडनाइट कहकर ऊपर चला गया। नीचे मैं रह गई थी, यादों की भीड़ में अकेली।

मैं बचपन से ही ये सुनते हुए बड़ी हो रही थी, कि आदित्य मेरा होने वाला पति है। आदित्य परफ़ेक्ट था, और ज़िन्दगी बहुत ख़ूबसूरत। उसकी और मेरी बचपन की मुहब्बत किसी भी हिंदी फिल्म की लव स्टोरी से कुछ ज्यादा रोमांटिक थी; लेकिन आम हिन्दी फ़िल्म की कहानी की तरह हमारी कहानी में भी एक एंगल आ गया था... ज़िन्दगी में निकेतन आ गया था और हमारी बाई एंगल स्टोरी ट्राईंगल स्टोरी बन गई।

ट्रेन की गति पहले से काफी तेज हो गई थी, और धड़धड़ करते हुए आगे बढ़ रही थी; लेकिन मैं पीछे जा रही थी... जैसे कोई चुम्बकीय ताकत मुझे खींच रही हो।

* * *

पापा और विक्रम अंकल ने साथ में इंजीनियरिंग की थी, और टिस्को में जॉब भी साथ में ही मिली; यहाँ तक कि दोनों को क्वार्टर भी क़ुलसी रोड में अग़ल-बग़ल ही मिला।

हालाँकि हमारा पारिवारिक माहौल एक दूसरे से पूरी तरह से भिन्न था, फिर भी उनकी दोस्ती दिन-प्रतिदिन गहरी होती जा रही थी। पहले आदित्य, और फिर मेरे जन्म के बाद, इन दोनों ने अपनी दोस्ती को रिश्तेदारी में बदलने का अनौपचारिक निर्णय लिया।

लालन का नाम, लालन कब और कैसे पड़ा, ये तो मैं नहीं जानती, लेकिन पहली बार मैंने भी उन्हें लालन ही पुकारा था; और तब से लेकर आज तक वो मेरे लिये सिर्फ़ लालन ही रहीं।

मेरी छोटी बहन अमिता के लिए आदित्य उसका सुपरहीरो था, जो उसकी हर फ़रमाइश तुरंत पूरी कर देता था, जबकि आदित्य के छोटे भाई अनुज के लिए मैं उसकी भाभी थी। चाभी के गुच्छे की तरह हम सब हमेशा एक साथ तो रहते, लेकिन वेदांत के आने से पहले तक भाई का रिश्ता मेरे लिए काल्पनिक था। आदित्य, नमिता और अनुज, एक दूसरे के भाई बहन थे। इन सबने मेरे साथ रिश्ते का एक अलग ही समीकरण बना रखा था। जहाँ अनुज मुझे ख़ास सम्मान देकर बात करता, वहीं आदित्य, अधिकार से। हम सबके बीच का रिश्ता सामाजिक विज्ञान का कोई भी अध्याय परिभाषित न कर सका।

नमिता को हम आदित्य की चमची कहते, और वो अनुज को मेरा। हम सब एक साथ ख़ूब लड़ते-झगड़ते, फिर साथ में खेलते, और फिर थककर एक ही बिस्तर पर सो जाते।

हम सब एक ही स्कूल जाते थे। मैं सुबह जल्दी से तैयार हो, आदित्य के घर उसके साथ के लोभ में चली जाती, और साथ में कभी-कभी लालन को भी चिढ़ा लिया करती।

मैं जानबूझकर शूज़ नहीं उतारती। तब लालन मुझपे चिल्लाती थीं, "अगर तुम मेरी होने वाली बहू नहीं होती, तो तुम्हारी टाँग अभी तोड़ देती।" और इस बात पर मैं जोर-जोर से हँसती। फिर वो अपनी हँसी को बनावटी गुस्से का मुखौटा पहनाकर कहतीं, "देखो कितनी बेशरम लड़की है; मैं गुस्सा कर रही हूँ, और ये दाँत निपोर रही है।" इस बात पर मैं और जोर से हँसती, जिससे वो भी हँस पड़तीं।

पुराने दिनों की याद आप ही मेरे चेहरे पर एक स्माइल ले आयी।

लालन बहुत ख़ूबसूरत थीं। ऐसा लगता था मानो ईश्वर ने उन्हें ख़ुद अपने हाथों से बनाया था, बिना किसी सहायक के। आदित्य को गोरा रंग और तीखे नैन नक़्श, लालन से ही मिले थे, और लम्बाई विक्रम अंकल से; और इसी लम्बाई के कारण उसे क्लास में सबसे पीछे बैठना पड़ता था, जिसका फ़ायदा वो ख़ूब उठाता था। पिछली बेंच पर बैठकर ड्रॉइंग बनाया

करता... घर की ड्रॉइंग। कहता, बड़ा होकर घर बनाऊँगा, जिसमें हम सब एक साथ रहेंगे।

पढ़ने में उसकी दिलचस्पी बहुत कम थी। वो इतना ही पढ़ता था कि पास हो सके। उसके विपरीत मैं इतना पढ़ती थी कि टॉप कर सकूँ। असमानताओं के बावजूद, ऐसा लगता था एक दूसरे के लिये ही बने हैं हम। न मुझे उसके बग़ैर चैन था, न उसे मेरे बग़ैर आराम।

आदतन एक सुबह जब मैं उसके घर गई, तो वो बहुत परेशान दिख रहा था। उसकी टाई नहीं मिल रही थी। मुझसे उसका परेशान होना देखा नहीं गया; मैं झट से अपने गले से टाई निकाल उसे पहना दी। लालन, जो अब तक आदित्य की टाई ढूँढ़ने में व्यस्त थीं, अचानक से सामने प्रकट होकर बोलीं, "तुम दोनों का जयमाल हो गया, मतलब आधी शादी हो गई तुम दोनों की; आज से आदित्य का आधा काम भी वनिता करेगी।"

मैंने मासूमियत से पूछा था "कौन सा काम लालन?"

"बैग पैक करना,वॉटर बॉटल भरना, और शूज़ पॉलिश करना...।" लालन ने अभी अपनी बात भी ख़त्म नहीं की थी, कि आदि चिल्लाया, "नहीं माँ, वनिता शूज़ पॉलिश नहीं करेगी; उसके हाथ गंदे हो जायेंगे।"

आदित्य की मासूम मोहब्बत बाग़ी हो गई थी, जबकि लालन की आँखें भर आई थीं। "जुग जुग जिओ बेटा; इसे हमेशा ऐसे ही प्यार करते रहना।" कहते हुए हम दोनों को एक साथ गले से लगा लिया था।

लालन जितनी ख़ूबसूरत तन से थीं, उतनी ही ख़ूबसूरत मन से भी थीं; और इस कारण वो दुनिया की बेस्ट सासू माँ बनने वाली थीं।

विक्रम अंकल ने आदित्य को साइकिल दिलवाई थी। मैंने भी माँ से साइकिल की जिद की। आदित्य ने कहा, जो मेरा है वो तुम्हारा भी तो है; ये साइकिल हमारी है, हम साथ चलायेंगे।

आदित्य के साथ उसकी साइकिल पर, उसके आगे, उसकी बाँहों के घेरे में बैठकर पूरे क़ुलसी रोड का चक्कर लगाना बहुत रोमांचक लगता था।

हालाँकि मोहल्ले की औरतें अक्सर मम्मी को समझातीं, कि बेटी को इतना छूट देना ठीक नहीं; वैसे भी पढ़ाई में मैं आदित्य से बेहतर हूँ और मुझे बेहतर लड़का मिल सकता है। लेकिन मम्मी कहतीं, पढ़ाई-लिखाई धरी की धरी रह जाती है; घर आपके सामंजस्य और प्यार से चलता है, जो इन दोनों के बीच है।

आदित्य हमेशा की तरह पीछे की बेंच पर बैठकर घर की ड्रॉइंग बना रहा था। साइंस की टीचर आईं तो सभी खड़े हो गए, लेकिन आदित्य ड्रॉइंग बनाता रहा। टीचर ने शायद उसे देख लिया था, इसलिये क्लास शुरू होते ही उसे खड़ा करके अमीबा का definition पूछ लिया, जो उसे याद नहीं था।

टीचर ने उसे क्लास से बाहर निकाल दिया। मुझे बहुत ग़ुस्सा आया। "अमीबा का ड्रॉइंग भी बनवा सकती थीं; definition पूछना ज़रूरी था?" मैंने फुसफुसाकर कहा, फिर भी टीचर ने सुन लिया।

पता नहीं टीचर बनने के बाद सेन्स इतने शार्प होते हैं या सेन्स शार्प होते हैं इसलिए टीचर बनते हैं।

"ये science का क्लास है, इश्क़ का tuition नहीं; तुम भी बाहर जाओ, और तोता-मैना की कहानी लिखो।" कहकर मुझे भी क्लास से बाहर निकाल दिया था टीचर ने।

क्लास से बाहर निकालने के दुःख पर, आदित्य के साथ रहने का सुख कहीं ज़्यादा था, इसलिये आँखों में शर्म की जगह चमक आ गई थी, और जाते-जाते टीचर हम दोनों को बेशर्म कह गईं।

उस बेशर्मी के बाद से science टीचर ने हमें निशाने पर रखा था।

एक दिन टीचर ने फिर से मुझे क्लास से बाहर निकलने की सजा दी, क्योंकि मैं आदित्य से बात कर रही थी। आदित्य ने टीचर से कहा- "ग़लती मेरी है, क्यूँकि बात मैं कर रहा था, वानी तो बस जवाब दे रही थी।"

"ठीक है, तो सज़ा भी दोनों को मिलेगी।" कहते हुए टीचर हाथ में

स्केल लिए हमारे पास आ गई थी।

"वनिता, तुम हाथ आगे निकालो, और आदित्य तुम बाहर जाओ।"

मेरे हाथ पर स्केल पड़ने से पहले ही आदित्य ने दोनों हाथों से अपनी आँखें बंद कर लीं।

"तुम्हें क्या हुआ?" टीचर ने डाँटते हुए पूछा।

"मैं इसे मार खाते नहीं देख सकता।" आदित्य ने किसी पक्के आशिक की तरह कहा था।

"ठीक है, तो उसके बदले मार भी तुम्हीं खा लो।" और आदित्य के मार खाने के बाद बात वहीं ख़त्म नहीं हुई थी; हमारे पेरेंट्स को बुलाकर ख़ूब लताड़ा गया था, "आपके बच्चे स्कूल पढ़ने नहीं आते हैं, इश्क़ फ़रमाने आते हैं; दूसरे बच्चों पर भी असर हो रहा है... हमें स्कूल से निकालने पर मज़बूर न करें।"

जब भी बच्चों की कम्प्लेन करने के लिए पेरेंट्स को स्कूल बुलाया जाता है, सिर्फ मम्मियाँ ही आती हैं; क्यूँकि बच्चों की ग़लती की ज़िम्मेदार सिर्फ़ मम्मी होती हैं, और अच्छाई के ज़िम्मेदार पापा।

हमारी कम्प्लेन सुनने के लिए भी मम्मी और लालन आई थीं।

मम्मी ने समझाया था, "अभी पढ़ाई पर ध्यान दो तुम दोनों; बिना पढ़े शादी नहीं होती है... आदित्य! तुम पढ़-लिखकर पापा की तरह engineer बनोगे, तभी वनिता से शादी होगी।

लालन ने हँसते हुए कहा, "वनिता, तुम पढ़ोगी नहीं तो मैं मारूँगी भी, और ख़ूब काम भी कराऊँगी।"

उसी दिन शाम को आदित्य ने अकेले में कहा, मैं engineer नहीं बनना चाहता, मुझे सारा दिन पढ़ना अच्छा नहीं लगता लेकिन engineer की तरह घर बनाना चाहता हूँ।

मैंने कहा, "तुम engineer नहीं बनोगे, मैं तब भी तुमसे ही शादी करूँगी।" ये सुनकर आदित्य ने मुझे गालों पर चूम लिया था, और मैं शर्मा गई थी।

समर वेकेशन में मैंने स्केटिंग क्लास ज्वाइन कर ली थी। मेरे पीछे से आदित्य, घर के सामने से गुजरने वाली गाड़ियों के नंबर नोट किया करता था। मैंने कहा, मेरे साथ तुम भी ज्वाइन कर लो। उसने कहा- "नहीं, ये लड़कियों वाले जुम्भी काम मैं नहीं करता।" मुझे उसका तर्क बहुत बेतुका लगा था, "तो तुम जो कर रहे हो उसमें कौन सी लड़कों वाली बात है?" उसने तपाक से कहा- "कम से कम मैं बोर नहीं होता; खैर छोड़ो, देखो मैं तुम्हें कितना मिस करता हूँ।" कहते हुए उसने अपनी नोटबुक मेरे सामने रख दिया। पेन्सिल से लिखे वो अनगिनत नंबर्स, मुझे प्रेम की कोई नई परिभाषा लग रहे थे।

वो पेज फाड़कर मैंने अपने पास रख लिया... पहला प्रेम पत्र।

हम बड़ी तेज़ी से बड़े हो रहे थे, और उतनी ही तेज़ी से हमारी मासूमियत हमसे अलग हो रही थी; और शायद इसीलिए नाइन्थ में आते ही स्कूल में लड़के-लड़कियों की क्लास भी अलग हो गयी थी, और यहीं से हमारे बीच अलगाव की शुरूआत भी हो गई थी।

हम दोनों अपने-अपने पारिवारिक बिलीव और वैल्यू में खुद को ढालते हुए बड़े हो रहे थे, और इस बड़े होने में बचपन की बहुत सी छोटी-छोटी बातें छूटती जा रही थीं।

उसकी उम्र और लम्बाई के साथ-साथ दिन प्रतिदिन उसका घमंड भी बढ़ता जा रहा था। ये घमंड बिना वजह नहीं था। स्कूल में पढ़ने वाली सभी लड़कियाँ उसकी एक नज़र को तरसती थीं। वो उम्र ही ऐसी थी, कि किताब के फड़फड़ाते पन्नों में भी दिल की धड़कन सुनाई देती है।

आदित्य की गर्वीली नाक कुछ ज़्यादा ही लम्बी थी। मुहल्ले की लड़कियाँ उसे ह्रतिक रोशन कहतीं, जिससे उसके पारदर्शी गोरे रंग के

भीतर से झाँकती नसों में ख़ून का प्रवाह दुगुना हो जाता, और चेहरा लाल... हाँ, अगर कभी कोई उसके पुरुष वाले अहंकार को ललकारता, तो ख़ून, नसों से आँखों में उतर आता था।

असल में दोष उसका नहीं था; उस माहौल का था, जिसमें वो पल रहा था। मैंने लालन को कभी विक्रम अंकल के साथ हँसते नहीं देखा, न ही कभी अपना पक्ष रखते देखा। वह एक पुरुषवादी परिवार था; वहाँ औरतों को commodity समझा जाता था। वहाँ औरतों को पुरुषों के साथ खाने की इजाज़त नहीं थी; मेरे घर के माहौल से बिलकुल अलग। हमारे घर के बाहरी फ़ैसले पापा लेते थे, और घर के अंदर के सारे फ़ैसले लेने का अधिकार मम्मी को मिला था; यहाँ तक कि कई बार पापा अपनी चेयर मम्मी को देकर अपने लिए दूसरी ले आते। संडे की चाय से लेकर सुबह का नाश्ता भी पापा बनाते, जबकि विक्रम अंकल को पानी भी गर्म करना शायद ही आता होगा।

मम्मी अक्सर कहतीं, अलग-अलग घरों में पलने वाले लोग भी अलग-अलग ही होते हैं, किसी को किसी और से compare नहीं करना चाहिये।

दसवीं का रिज़ल्ट आ गया था। मैंने हमेशा की तरह टॉप किया था, और आदित्य बस पास हुआ था। मम्मी काफ़ी परेशान थीं। शायद मुहल्ले की औरतों की बातें असर कर रही थीं। वनिता की शादी का फ़ैसला लेने में हमने शायद जल्दी कर दी।

पापा ने कहा, ''मुझे भी ऐसा ही लग रहा है कि भावुकता में लिया गया फ़ैसला कहीं ग़लत तो नही; लेकिन अंतिम फ़ैसला वनिता का ही होगा।''

आदित्य और मैं बचपन से साथ थे। आदित्य मेरी परवाह करता था। मुझे जब भी ज़रूरत हुई, आदित्य को हमेशा साथ पाया। शहर की सारी लड़कियाँ उसपे मरती थीं, और वो मुझ पर; इससे ज़्यादा किसी लड़की को और क्या चाहिये; इसीलिए उस वक़्त मम्मी-पापा की बात अच्छी नहीं लगी। जेहादी इश्क़, आदित्य के अतिरिक्त कुछ और सोचने भी नहीं देता था। आँखों में घुसकर किताब के पन्नों पर उतर जाता था।

"क्या ये काले अक्षर तुम्हें मेरे प्रेम पत्र की याद नहीं दिलाते?" मुझसे पूछता, तो मैं हाज़िरजवाबी से तुरंत कह देती, "लेकिन ज़िन्दगी अमीबा की ड्रॉइंग नहीं, डेफ़िनिशन है जानेमन।" और किताब बंद कर देती।

टॉप करने की ख़ुशी में पापा ने मुझे स्कूटी दिलाई; लेकिन आदित्य इस बात से ख़ुश नहीं था। "scooty की क्या ज़रूरत थी? मेरी bike थी न; बचपन में तो हमने एक ही साइकिल चलाई है।"

"तो क्या तुम अब भी मेरे ड्राइवर बनना चाहते हो?" मैं उसकी नस नस से वाक़िफ़ थी, इसलिए मैंने वही कहा, जिससे किसी तरह के वाद विवाद की संभावना ख़त्म हो जाये; और वो चुप हो भी गया।

"नहीं, मैं जानेमन ही बने रहना चाहता हूँ; चलो नई scooty से घूमकर आते हैं।"

मैंने ब्लैक जीन्स और पिंक टॉप पहना था; टॉप के साथ मैचिंग बेलीज़, और बालों को बाँधकर पोनीटेल बनाया था।

उसने कहा, "तुम बहुत ख़ूबसूरत लग रही हो।"

"तुमसे कम; भगवान जी ने जब तुम्हें बनाया होगा, उस वक़्त उनका मूड बहुत अच्छा होगा, जैसा अभी तुम्हारा।" मैंने शर्माते हुए कहा था।

"जानती हो, एक फिलॉस्फर के अनुसार उन पतियों को हार्टअटैक नहीं होता, जिनकी वाइफ़ कम सुंदर होती है; कम से कम मैं हार्टअटैक से नहीं मरूँगा।" उसने बेशर्मी से हँसते हुए कहा था।

बुरा तो बहुत लगा था, लेकिन मेरे पास कोई जवाब नहीं था, क्यूँकि कुछ देर पहले मैंने ही उसे ख़ुद से बेहतर कहा था।

ख़ैर जैसे ही मैंने scooty में चाभी लगाई, उसने मेरे पीछे बैठने से ये कहकर मना कर दिया, कि वो किसी लड़की के पीछे नहीं बैठ सकता। कितनी अजीब बात है; वो मुझे साइकिल पर अपने आगे तो बिठा सकता है, लेकिन स्कूटी पर मेरे पीछे नहीं बैठ सकता। ये सोचते हुए चाभी मैंने उसे दे

दी थी।

छुट्टियों में जब मैं चपाती बनाना सीख रही थी, तो उसने कहा- "चलो गोल-गप्पे खाने चलते हैं।"

मैंने कहा- "थोड़ी देर रुक जाओ, चपाती बना लूँ फिर चलती हूँ।"

"नहीं जल्दी चलो प्लीज।"

"जल्दी जाना है तो मेरी हेल्प करो।"

"लड़कों का काम रोटी बनाना नहीं, पैसे बनाना है; ये लड़कियों वाले काम तुम्हीं करो।"

मैं कहाँ चुप रहने वाली थी। मैंने भी झट से जवाब दे डाला- "बहुत सी औरतें आज पुरुषों से ज्यादा पैसे बना रही हैं, और बहुत से पुरुष रोटियाँ बनाकर बहुत पैसे बना रहे हैं, लेकिन तुम्हें तो ये पता भी नहीं।"

"अच्छा अच्छा, चलो अब।" वो लाजवाब हो गया था शायद।

मैं शहर में लगे पुस्तक मेले में जाने के लिए तैयार हो रही थी, और वो मेरे सर पे बैठा था।

"जल्दी करो, देखो मैं कितनी जल्दी तैयार हो गया हूँ।"

"हाँ तो मैं लड़की हूँ, लड़कियों को टाइम लगता है।"

"लेकिन कितना भी तैयार हो लो, मेरे सामने तो तुम कमतर ही लगती हो।" उसकी ये बात कान के रास्ते सीधे दिल में उतर गई, किसी गर्म पिघले हुए शीशे की तरह। कंघी करते-करते मेरे हाथ रुक गए।

आदित्य का पुरुषबोध और स्वसौन्दर्यबोध, हमें जोड़े रखने वाली कड़ियों को दरका रहा था; मेरे अंदर का जेहादी इश्क़ शिथिल हो रहा था।

मम्मी कहती हैं, 'यद्यपि प्रेम में सम्मान अदृश्य रहता है, लेकिन फिर भी उसपे दोनों का बराबर अधिकार होता है।' मैं अपने सम्मान के अधिकार को खोना नहीं चाहती थी, इसलिये इश्क़ को स्याह डब्बे में बंदकर दरिया में

फेंक देना चाहती थी।

प्लस टू के बाद मेरा सेलेक्शन निफ्ट में हो गया। आदित्य ने कहा, "दर्जी बनने के लिए इतनी दूर जाने की क्या जरूरत है? जमशेदपुर में बहुत से इंस्टीट्यूट्स हैं जो कपड़े सिलना सिखाते हैं; और फिर ये सब सीखकर मिलेगा भी क्या, जब अंत में सँभालना घर और चूल्हा ही है।"

"और ये फिजूल तुमसे किसने कहा आदित्य?" मैंने जरा गुस्से में पूछा था।

"मैं कह रहा हूँ वनिता, तुम्हारा होने वाला पति; और फिर मेरी और तुम्हारी मम्मी इतने वर्षों से फिजूल तो नहीं कर रही हैं न।"

"लेकिन समय बदल गया है; मुझे अपनी अलग आइडेंटिटी बनानी है।" मैं बहस करने पर तुली हुई थी।

"हाँ, समय बदल गया है, लेकिन जिम्मेदारियाँ नहीं बदलीं।" आदित्य को मेरे जवाब देने से और ज्यादा गुस्सा आ रहा था, "और तुम्हारी आइडेंटिटी तुम्हारे सामने है... आदित्य भारद्वाज।"

"लेकिन अभी हमारी शादी नहीं हुई है।" मैंने सीधा सा जवाब दिया था।

"ख़ूबसूरत लड़कियाँ क्यू में खड़ी हैं मुझसे शादी के लिए; तुम अपने आप को कुछ ज़्यादा नहीं समझ रही हो?"

"हाँ, ख़ूबसूरत लड़कियाँ...।" एक आह सी निकली थी मेरे अंदर से, क्यूँकि उस दिन से पहले इतना बुरा कभी नहीं लगा था। पहली बार मुझे अपने साँवले रंग, और मॉडल से कम क़द होने का अफ़सोस हुआ था, और पहली बार ही मुझे आदित्य पर बहुत तरस भी आया था।

उस वक्त तो मम्मी ने आदित्य और मुझे चुप रहने को कह दिया, लेकिन बाद में मैंने उन्हें पापा से कहते हुए सुना, कि वो आदित्य के नजरिये और व्यवहार से खुश नहीं हैं।

पापा ने कहा, "एक बार फ़ैसला लेकर हम ग़लती कर चुके हैं, दुबारा मैं कोई ग़लती नहीं करना चाहता; शादी की बात हुई है, शादी नहीं हुई है... इस बार फ़ैसला वनिता को लेने दो।"

* * *

ऊपर की सीट पर आदित्य, बार-बार करवट ले रहा था; निश्चित ही यादों के शूल उसकी आँखों में भी चुभ रहे थे।

* * *

मेरा जाना उसे अच्छा नहीं लग रहा था। वो बहुत ग़ुस्से में था, और इसीलिए बहुत तेज़ ड्राइविंग कर रहा था। मैं उसके बग़ल में बुत सी बैठी थी। पीछे, अनुज नमिता और वेदांत, आपस में खुसर-पुसर कर रहे थे।

"इतना सन्नाटा क्यूँ है भाई। हम nift में, सिलेक्शन की पार्टी में जा रहे हैं या किसी की मैय्यत पर?" नमिता ने हमारे बीच की ख़ामोशी को तोड़ने की कोशिश की।

"तुम ठीक कह रही हो नमिता; मुझे समझ में नहीं आता, भैया इतना ग़ुस्सा क्यूँ है।" अनुज ने कहा तो मैं सोचने लगी।

आखिर ग़ुस्सा क्यूँ न हो? मेरे बिना कितना अकेला हो जायेगा। फिर किसे वो अपने ह्रतिक रोशन लुक और मर्दानगी का बखान उदाहरण देकर स्पष्ट करेगा।

डिनर के बाद डेज़र्ट में मैंने उसके लिये डबल आइसक्रीम ऑर्डर किया, क्यूँकि ग़ुस्से से अब भी उसकी नाक लाल थी।

"आज की शाम हमें enjoy करना चाहिये; कल तो मैं चली जाऊँगी।" कहते-कहते मेरी आवाज़ भीग गई थी।

मेरी आवाज़ का गीलापन, आदित्य को भी भिगा गया था, "तो क्या जाना ज़रूरी है?"

मैंने कुछ नहीं कहा; मैं कुछ और कहना नहीं चाहती थी, क्यूँकि मुझे समझ में नहीं आ रहा था कि मेरा उससे दूर जाना उसे अच्छा नहीं लग रहा था, या मेरा आगे बढ़ना।

वापसी में उसने धीरे से मुझे देखते हुए कहा, "इंसान जब ग़ुस्से में होता है, तब उसे पता नहीं होता है वो क्या बोल जाता है।"

"इंसान ग़ुस्से में ही सच बोलता है।" मैंने उसे बिना देखे कहा था।

विक्रम अंकल ने अपनी गम्भीर और भारी आवाज़ में कहा, "सिलाई सीखने के लिये दिल्ली जाने की क्या ज़रूरत है?"

"सिलाई नहीं अंकल, फ़ैशन डिज़ाइनिंग।" मैंने तपाक से कहा, तो अंकल ने मुझे घूरकर देखा, और मैं समझ गई कि उन्हें मेरा बोलना अच्छा नहीं लगा।

"बच्चों के भी शौक़ होते हैं।" पापा ने हल्के से कहा था।

"हमें घरेलू बहू चाहिये; शौक़ यहाँ जमशेदपुर में पूरे किये जा सकते हैं।"

"जाने दो न यार; कुछ महीने बाद वापस आयेगी तो ख़ुद नहीं जायेगी... वहाँ उसका मन थोड़ी न लगेगा हम सबके बिना।"

"दिल्ली बड़ा शहर है; वहाँ अकेली रहेगी, ये बात मुझे कुछ ठीक नहीं लग रही।" इतना कहकर अंकल उठ गए थे।

"शायद भाई साहब नाराज़ हो गये।" मम्मी ने चिंता जताई।

"आखिर, वानी उसके घर की भी इज़्ज़त है; उसका सोचना भी ग़लत नहीं है; लेकिन मैं अपनी बेटी से उसकी ख़ुशियाँ नहीं छीन सकता।" पापा ने खड़े होकर निर्णायक अन्दाज़ में कहा था, और ख़ुशी से मेरी आँखें भर गई थीं।

निफ्ट, दिल्ली में मेरा पहला दिन था। orientation क्लास में hi! I am Niketan from Jamshedpur. कहते ही मैंने उसकी तरफ देखा था। थैंक गॉड, जमशेदपुर से एक और भी है, ये सोचते ही खुशी का एक जुगनू मेरे अंदर रौशन हो गया। बस यहीं से जुड़ाव की शुरूआत हुई थी। मेरे introduction पर उसने भी ज़रूर मुझे देखा होगा।

रैगिंग के दौरान मुझे और निकेतन को सीनियर्स ने न सिर्फ श को स और ड़ को र के उच्चारण के लिए बुरी तरह से रैग किया, बल्कि हमें भाई-बहन भी कहा। अंत में मुझे, *शायद मेरी शादी का खयाल दिल में आया है,* गाने के लिए कहा, और जैसे ही मैंने, *'सायद मेरी सादी का खयाल दिल में..'* गाया, सब जोर-जोर से हँसने लगे और मैं रोने लगी। मेरे रोने से वे सब डरकर चले गए।

"तुम रोई क्यों? निकेतन ने पूछा।

"क्योंकि मैं और बेइज्जती नहीं कराना चाहती थी।"

"लेकिन रोने से तो और बेइज़्ज़ती होती है; वैसे कमी हममें है, ग़लत हम बोलते हैं।"

"एक दिन में तो कोई नहीं सीखता न; कल ही तो आई हूँ।"

"हम्म... वैसे हम एक-दूसरे का नाम, orientation क्लास में जान चुके हैं, और मुझे तुम्हारा भाई बनने में कोई इंट्रेस्ट नहीं है; friend बनना है तो बोलो।" कहते हुए निकेतन ने मेरी तरफ़ अपना हाथ बढ़ा दिया। किसी अनजान शहर के अलग से माहौल में अपने शहर से किसी का मिल जाना किसी दुआ से कम नहीं। अपने आँसू पोंछकर इस दुआ को झट से क़बूल कर लिया था मैंने।

दिल्ली हमारे शहर जमशेदपुर से बिलकुल अलग था, और हम दिल्ली के लोगों से। बड़ी-बड़ी इमारतों और चटख रंग के कपड़े पहने ख़ूबसूरत लोगों की भीड़ में भी हम पहचान लिये जाते थे।

मम्मी हमेशा कहती हैं,जैसा देश वैसा भेष। हमने दिल्ली को अपनाना शुरू कर दिया था, और दिल्ली ने हमें; और इसी बीच पता नहीं कब चुपके

से मेरे मन ने निकेतन को भी अपनाना शुरू कर दिया था। बड़ी-बड़ी आँखों वाला निकेतन, अनजाने ही मुझे अपनी ओर खींच रहा था। वैसे तो वो कुछ कहता नहीं था, लेकिन मन के चोर की झलक कभी-कभी उसकी आँखों वाली खिड़की से मिल जाया करती थी।

मम्मी ने फोन पर बताया था, कि आदित्य ने construction का काम शुरू किया है और साथ-साथ अपना घर भी बना रहा है।

वक्त को जैसे पंख लग गया था। और बहते हुए वक्त के साथ जैसे-जैसे मैं निकेतन के करीब आती जा रही थी, वैसे-वैसे आदित्य से दूर होती जा रही थी।

निकेतन का मुझे, आप कहना अंदर तक छू जाता था, और पढ़ाई के अतिरिक्त किसी दूसरे काम में भी "दो मैं करता हूँ।" कहकर मेरी हेल्प करने से, मैं उसपे डिपेंड होती जा रही थी।

उस दिन, बहुत दिनों बाद मैंने आदित्य का फ़ोन उठाया था। "तुम मेरा फ़ोन क्यूँ नहीं उठाती हो?" ग़ुस्से से पूछा था उसने।

"तुम्हारा फ़ोन हमेशा ग़लत टाइम पर आता है; कभी मैं क्लास में होती हूँ, कभी प्रोजेक्ट में बिज़ी... you know पढ़ने के लिये ही आई हूँ न।"

"हाँ, कितना भी पढ़ लो, बाद में मुहल्ले भर की औरतों के ब्लाउज ही सिलोगी न।"

"और तुम्हारे शर्ट भी।" मेरा प्रत्युत्तर मज़ाक़िया था, लेकिन वो समझा नहीं था। मैं अब उससे लड़ना भी नहीं चाहती थी, क्यूँकि अब मेरी लड़ाई ख़ुद से थी।

निकेतन के पापा की डेथ बहुत पहले एक एक्सीडेंट में हो गई थी।

नानी और मम्मी के साथ वो जमशेदपुर में रहता था। उसकी मम्मी वहीं बैंक में जॉब करती थीं। निकेतन अकेला है; उसके कोई भाई-बहन नहीं हैं। "असल में और भाई बहनों के आने से पहले ही पापा का ...।" उसने वाक्य अधूरा ही छोड़ दिया था। "मुझे पापा की याद भी नहीं; सिर्फ़ तस्वीरें है।"

उसने नज़र का चश्मा उतारकर अपनी आँखों के कोर को अपनी उँगलियों से हल्के से दबाया; उसकी उँगलियाँ गीली हो गई थीं।

"जानते हो, मैं एक ऐसे इंसान से शादी करने जा रही हूँ, जिसके इंतज़ार में ख़ूबसूरत लड़कियाँ क्यू में खड़ी हैं; और ये मुझे उसी ने बताया।" मैं भी इमोशनल हो गई थी।

'व्हाट?'

"हाँ जी।"

"तो किसी और के लिए कोई चान्स नहीं है?" उसकी उदासी बढ़ गई, जिसे मैं अनदेखा नहीं कर पाई।

"नहीं; मुझे लगता है आदित्य मुझसे ज़्यादा ख़ूबसूरत लड़की डिज़र्व करता है, और मैं respect." मैंने उसकी आँखों में जुगनू डाल दिया था।

. फैशन स्कूल join करने के बाद पहली बार निक के साथ जमशेदपुर राजधानी के टू सीटर कम्पार्टमेंट में आई थी।

जानती थी, स्टेशन पर पापा के साथ आदित्य भी आयेगा। मैं जल्दी से कम्पार्टमेंट से बाहर निकल ट्रेन से उतर गई, और निक को बाय बोले बिना ही चल दी। दिलवाले दुल्हनियाँ ले जायेंगे की काजोल की तरह मेरा मन गाना गाता, उससे पहले ही उसने आवाज़ दिया, "वानी! तुम्हारा बैग।"

मैंने मुड़कर देखा, वो वहीं खड़ा था।

औपचारिक जान-पहचान के बाद पापा ने उसे घर पर इन्वाइट कर,

मेरे मन का कर दिया था, जबकि आदित्य की नाराज़गी साफ़ झलक रही थी।

लेकिन उसकी नाराज़गी पर मेरे आने की ख़ुशी भारी पड़ रही थी। ड्राइव करते हुए बैक व्यू मिरर में बार-बार मुझे देखने की उसकी कोशिश मुझसे छुपी नहीं थी।

उस रात आदित्य ने अकेले में मुझे किस करने की कोशिश की, और मेरे मना करने पर उसने कहा- "पहली बार तो नहीं कर रहा!"

"हाँ, लेकिन अब हम बच्चे नहीं रहे।" मैंने बच्चे शब्द पर अतिरिक्त जोर देते हुए कहा था।

"तो इससे क्या फर्क पड़ता है; तुम मेरी होने वाली बीवी हो।"

"लेकिन हूँ तो नहीं न; इससे पहले तुमने अकेले में कभी ऐसा किया भी नहीं।"

"क्योंकि अब हम बच्चे नहीं हैं।"

"वही मैंने भी कहा।" कहकर मैं उसे वहीं छोड़कर चली गई थी, निक की यादों की साथ सोने।

अगले दिन आदित्य ने आदेशात्मक स्वर में कहा, "वानी! चेंज कर लो; मैं तुम्हें कन्स्ट्रक्शन साइट पर ले चलता हूँ।"

"चलो, मैं तो तैयार हूँ।"

"नहीं, चेंज कर लो।" उसने दृढ़ता से कहा।

"इन कपड़ों में क्या बुराई है?"

"असल में मेरे मज़दूर तुम्हारी तरह फ़ैशन स्कूल से नहीं आये हैं न, इसलिये शार्ट लेंथ स्कर्ट और स्लीवलेस टॉप में तुम उन्हें आइटम लगोगी।"

मुझे समझ में नहीं आया कि उसने तारीफ़ की थी या टॉन्ट किया था,

इसलिये सेफ़ वर्ड ok बोलकर चुप हो गई।

साइट पर उसने कहा, "मुझे ऐसे कपड़े बिलकुल पसंद नहीं वानी; आइंदा मत पहनना।"

"तुम पतियों की तरह बिहेव कर रहे हो!"

"क्यूँकि पति बनने वाला हूँ।" उसने रोमांटिक होकर कहा था।"

"बने तो नहीं न।" मैं चिढ़ गई थी।

"पति बनने के बाद बदल तो नहीं जाऊँगा न; जो आज हूँ वही रहूँगा।"

"मेरी अपनी पसंद और नापसंद है।"

"पति की पसंद ही पत्नियों की पसंद होती है।"

"लेकिन मैं कठपुतली नहीं, जिसकी डोर तुम्हारे हाथ में है।"

"समय बदल गया है जानेमन; तुम कठपुतली नहीं, चाभी वाली गुड़िया हो... जितनी भरूँगा उतना ही चलोगी।"

ग़ुस्सा तो मुझे बहुत आया था; जी चाहा, सब कुछ तुरंत ख़त्म कर दूँ, लेकिन मैं रिश्ते को तब तक निभाती हूँ, जब तक उसमें आखिरी उम्मीद बची हो।

मैं बचपन की दोस्ती निभाना चाहती थी।

हालाँकि मेरे लिये उससे अलग हो जाना बहुत आसान था, क्यूँकि स्त्री के लिये सिर्फ़ प्रेम काफ़ी नहीं होता; सम्मान विहीन प्रेम, नमक बिना खाना... फीका फीका।

"औरत का जीवन पराधीन होता है बेटा!" लालन मुझे समझा रही थीं।

“आप ज़िन्दगी भर चुप रहीं, अब मुझे भी वही सिखा रही हैं।” मैं बहुत ग़ुस्से में थी।

“औरत को धैर्य से काम लेना पड़ता है।” लालन ने फिर से कोशिश की।

“औरत को धैर्य से क्यूँ काम लेना पड़ता है, पति को क्यूँ नहीं?”

“क्यूँकि पति पुरुष होता है बेटा।”

“तो क्या पत्नी ग़ुलाम होती है?”

“ये समाज ऐसा ही है बेटा; तुम तो मेरी बेटी हो; समझाना मेरा फ़र्ज़ है...मैं आदित्य के जन्म के पहले ही माँ बन गई होती, अगर ...।”

“अगर क्या?”

“अगर कोख में बेटी नहीं होती।” लालन की आवाज़ दर्द में डूबी हुई थी।

‘क्या!!’

“हाँ; आदित्य की दादी और पापा नहीं चाहते थे कि बेटी हो; तुम मेरे लिए वही मार दी गई बेटी हो।”

“आप मुझे फिर से मार देना चाहती हैं?”

“पाँचों उँगलियाँ एक जैसी नहीं होतीं; आदित्य तुमसे बहुत प्यार करता है।”

“ठीक कहा आपने लालन, कि पाँचों उँगलियाँ एक जैसी नहीं होतीं; लेकिन कुछ लोग प्यार के साथ-साथ सम्मान भी चाहते हैं।”

“जीवन में आत्म-सम्मान से बढ़कर कुछ भी नहीं; बाकी सब मन का रोग है, और रोगमुक्त जीवन औरत के नसीब में नहीं।” कहकर लालन चुप हो गई थीं।

उन्हें बहुत ज़्यादा बहस करने की आदत नहीं थी।

"भैया, कैंडल लाइट डिनर पर चले जाओ तो ग़ुस्सा उतरेगा; और हाँ, अपने ग़ुस्से को यहीं कहीं छोड़कर जाना।" नमिता ने समझाया, लेकिन उसने कहा, "एक तो चोरी ऊपर से सीनाजोरी।"

"मैं क्यूँ झुकूँ? ग़लती उसकी है, उसने घटिया कपड़े पहने; वो सॉरी कहे तो कैंडल लाइट पर ले जाऊँगा।"

नमिता ने कहा, "दी, तुम्हीं सॉरी बोल दो।"

"मैं सॉरी बोलकर लालन नहीं बनना चाहती हूँ।" इतना कहना काफ़ी था, शायद इसलिये फिर उसने कुछ नहीं कहा।

आदित्य, धीरे-धीरे दिल से निकलकर दिमाग़ में शिफ़्ट हो रहा था, और दिल वाली ख़ाली जगह में निकेतन आ रहा था।

दिल और दिमाग़ से मेरी ज़बरदस्त लड़ाई चल रही थी। दिमाग़ कह था, एक रिश्ता ख़त्म करके दो परिवारों का इतना पुराना रिश्ता ख़त्म नहीं किया जा सकता; दिल कह रहा था, दिल के मामलों में दिमाग़ का क्या काम? दिल और दिमाग़ की इस लड़ाई में थककर सो गई थी। नमिता के चिल्ला-चिल्लाकर उठाने से जब आँख खुली, तो जानी-पहचानी आवाज़ सुनाई दी। लगभग दौड़कर गई थी। निकेतन की नज़र मुझपर पड़ी, और कुछ पल के लिए मैं पत्थर हो गई।

"कैसी हो?" उसने पूछा तो जैसे मैं होश में आयी।

"अब ठीक हूँ।" कहकर ख़ुद ही झेंप गई।

शायद दिल ने क़िला फ़तेह किया था।

आदित्य, अचानक से चिप्स लेकर आ गया था, और निकेतन को देखकर उसके चेहरे का रंग उड़ गया; उसपे निक से उसे मैंने मात्र बचपन का दोस्त कहकर मिलवाया, जिसने आग में घी का काम किया।

मैं उसकी आग को और भड़काना भी चाहती थी, ताकि उसका इश्क़ स्वाहा हो जाये, और वो मुझे छोड़ दे; लेकिन आदित्य के लिए मैं उसकी अच्छी आदत थी, जिसे वो किसी तरह की आग में झोंकना नहीं चाहता था, इसलिये वो वहीं बैठ गया।

उसने कहा वो मेरा मंगेतर है; शायद वनिता ऐसा कहने में शर्मा रही है, इसलिये नहीं बताया।

निकेतन ने पहले तो हमें बधाई दी, फिर आदित्य से कहा, "तुम बहुत क़िस्मत वाले हो, जो तुम्हें वनिता मिली है; वनिता जितनी इंटेलिजेंट स्टडीज़ में है, उतनी ही स्मार्ट क्रिएटिविटी में"।

"घर गृहस्थी सँभालने के लिये ज़्यादा intelligency और smartness की ज़रूरत भी नहीं।" आदित्य ने किसी अनपढ़ गँवार की तरह कहा था।

"क्या तुम fashion school से पढ़ने के बाद रोटियाँ डिज़ाइन करोगी?" निकेतन ने मुझसे मुख़ातिब होकर पूछा था।

लेकिन जवाब आदित्य ने दिया - "ईश्वर ने मर्दों को पैसे कमाने, और औरतों को घर सँभालने के लिये बनाया है; जो नियम तोड़ते हैं, उनके घर टूटने के कई किस्से हैं... आखिर वनिता किसी खास ग्रह से तो नहीं आई है न!"

"ये नियम ईश्वर ने नहीं, तुम्हारे जैसे पुरुषों ने बनाये हैं; और ये पुरुष-समाज, महिलाओं को घर-गृहस्थी में क़ैद कर ख़ुद भगवान बन बैठा है। सच तो ये है कि महिलाएँ हम पुरुषों से कहीं ज़्यादा सक्षम हैं... आज की महिला, घर और बाहर दोनों एक साथ समान रूप से सँभालती है, और इसी डर से पुरुषों ने महिलाओं को ईश्वर और समाज की दुहाई देकर घर के अंदर क़ैद कर दिया; फिर तुम्हारा वनिता को क़ैद करने की कोशिश अनोखा नहीं।"

"ख़ैर, इतनी बहस करने की फ़ुर्सत मुझे नहीं; तुम्हें जो समझना है वो

समझने के लिये आज़ाद हो... हाँ, वनिता का दिल्ली जाने का बहुत मन था, इसलिये हमने ज़्यादा रोका नहीं; वैसे भी हमें कौन सा इससे नौकरी करवाना है।'' आदित्य, पक्के बुज़ुर्ग वाले अन्दाज़ में कह रहा था।

''वनिता को तो तुम्हारा शुक्रगुज़ार होना चाहिये; कम से कम तुमने इसे दिल्ली घूमने की इजाज़त दे दी।'' फिर मुझसे कहा, ''इतना intelligent और स्मार्ट होने का क्या फ़ायदा, जब तुम्हारे फ़ैसले कोई और लेता हो।''

निकेतन का ये कहना आदित्य के लिए असहनीय हो गया था। अंगारे बरसाती हुई आँखों से मुझे और निकेतन को देखा, फिर बुरा सा मुँह बनाकर बोला, ''वो तो आने वाला समय बतायेगा कि कौन कितना intelligent और smart है।'' कहकर निकल गया।

अगले दिन उसने कहा, ''तुम दिल्ली नहीं जा रही हो।''

हालाँकि मैं जानती थी, ये कल वाली आग का परिणाम था; लेकिन जानबूझकर अनजान बनते हुए पूछा, ''ये तुमसे किसने कहा? ''

''मैं किसी के कहने पर कुछ नहीं करता।'' उसने अपनी आवाज़ को और भारी बनाते हुए कहा।

''मैं भी नहीं।'' मैंने भी उसी के अन्दाज़ में जवाब दिया था।

''चार दिन दिल्ली में रहकर बिल्ली की तरह ज़्यादा म्याऊँ-म्याऊँ करना सीख गई हो।''

''और पीछे से तुमने कुत्ते की तरह फ़ालतू भौंकना सीख लिया है।''

'वानी!' बहुत ज़ोर से चीख़ा था आदित्य।

''धीरे बोलोगे तब भी सुन लूँगी।'' मैंने उसे और चिढ़ाने वाले अन्दाज़ में कहा था।

''तुम शायद उस बदतमीज़ के साथ रहकर बात करने की तमीज़ भूल गई हो।''

उसने निकेतन को बदतमीज़ कहा था, और जवाब सुनने से पहले ही चला गया।

मैं उसे इस हद तक मजबूर कर देना चाहती थी, कि वो ख़ुद मुझसे रिश्ता तोड़ दे; लेकिन हर बार वो सिर्फ़ ग़ुस्सा करके रह जाता।

उसके ग़ुस्से पर उसका इश्क़ भारी था; तेज़ मिर्ची सा तीखा इश्क़। न जाने कितनी बार मेरी आँखों से आँसू निकल आये।

मम्मी-पापा भी शायद वही चाहते थे जो मैं। लेकिन निक के साथ लंच पर जाने से नमिता बहुत नाराज़ थी, और शायद उसने आदित्य को बता भी दिया था। वो उम्र ही ऐसी होती है; इसमें सिर्फ़ प्यार अच्छा लगता है। इस उम्र से मैं भी गुज़र चुकी थी, जब मुझे आदित्य के सिवा कुछ और न दिखाई देता था, न सुनाई।

असल में हमें जब सच में प्यार होता है, तब महसूस होता है, कि आज से पहले जो था, वो मात्र प्रेम का भ्रम था।

दिल्ली वापस जाने का समय नज़दीक आ गया था। मैं सब कुछ ख़त्म करके जाना चाहती थी। ख़ुद आज़ाद होकर; और उसे मुक्त कर देना चाहती थी, उस बंधन से, जिसमें मैं बँधना नहीं चाहती थी, और वो मुझे बाँधना चाहता था।

अब, सब जल्दी ही ख़त्म होने वाला था। विक्रम अंकल को अपने घर में देखकर अंदेशा हो गया था मुझे।

उन्होंने कहा कि अब मुझे दिल्ली जाने की ज़रूरत नहीं, क्यूँकि कोई अच्छा सा मुहूर्त देखकर वो मेरी और आदित्य की सगाई करना चाहते हैं।

मम्मी, पापा का मुँह देखने लगी थीं, और पापा ने मुझे देखा। मैं कुछ कहती, इससे पहले ही आदित्य ने पीछे से आकर सीधे शब्दों में कहा कि जो लड़की किसी और लड़के से अकेले में मिलती-जुलती है, मैं उससे शादी नहीं करना चाहता।

“शादी तो मैं भी तुमसे नहीं करना चाहती; क्यूँकि तुम्हारे लिये कोई गाँव वाली ठीक रहेगी, जो पल्लू ओढ़े तुम्हारे चरणों में पड़ी रहे।” मैंने प्रहार किया था।

“कम से कम घर की इज़्ज़त घर में रहेगी; लेकिन मुझे नहीं पता था कि दिल्ली जाकर तुम इतनी शहरी हो जाओगी।”

“थोड़े तुम भी शहरी हो जाओ आदित्य; कब तक खूँटे से बँधे रहोगे।”

“अगर बेहयाई, शहरी होना है तो मैं गँवार ही ठीक।”

“तुम तो विदेश भी चले जाओगे तब भी गँवार ही बने रहोगे, पता है क्यूँ? क्यूँकि education इंसान को प्रोग्रेसिव बनाता है, और तुम्हें तो पढ़ने से नफ़रत थी।

अब वाक़ई शायद हद हो गई थी, इसलिये विक्रम अंकल उठकर खड़े हो गये थे। “वनिता को तुमने ज़रा भी तमीज़ नहीं सिखाया; बात अगर बच्चों तक होती तो फिर भी ठीक था, इसे तो बड़ों का भी लिहाज़ नहीं।”

मैं वापस दिल्ली आ गई थी। कुछ महीनों बाद मम्मी ने फोन पर बताया कि आदित्य का घर बन जाने के बाद वे लोग अपने घर शिफ्ट हो गए, और बगल वाले क्वार्टर में नए पड़ोसी आ गए हैं।

* * *

आदित्य मुझे पुकार रहा था-, “वानी! वानी! वानी!”

मैं हड़बड़ाकर उठी।

“उठ जाओ, गाजियाबाद आ गया है; तुम फ्रेश हो लो, मैं चाय लेकर आता हूँ।” कहकर वो जल्दी से गया और जल्दी से आया भी।

मैं अब भी वैसे ही उनींदी सी थी। टिश्यू से फेस क्लीन करके आदित्य को चाय के लिए थैंक्स कहा।

बदले में वो सिर्फ मुस्कुराया, फिर थोड़ा रुककर कहा- "उतरने से पहले मैं तुम्हें कुछ बताना चाहता हूँ।"

"हाँ कहो न!" मैंने भी जल्दी में कहा था, क्योंकि उसकी मंजिल तो गाजियाबाद ही थी।

"मेरी शादी हो गई है, और मेरी एक बेटी भी है।" उसने कहा, तो मैं आश्चर्य से उसका चेहरा देखने लगी थी।

"तो झूठ क्यों बोला तुमने?"

"मैं तुम्हें गिल्ट फील कराना चाहता था बस।" कहते हुए उसने पहले से ही बाहर निकाला हुआ अपना बैग उठाया, और मुझे बाय कहकर निकल गया।

आदित्य, जरा भी नहीं बदला। सोचते हुए मैं बची हुई चाय खत्म करने लगी।

और मेरी तरह ट्रेन भी आगे बढ़ गई।

3

मुझे तुम्हारे जाने से नफ़रत है

ओम जय जगदीश हरे... स्वामी जय जगदीश हरे...

एक संडे की सुबह, कॉलबेल लगातार बज रही थी। January के अंतिम दिनों की ठंडी सुबह... 'कौन हो सकता है?' सोचते-सोचते मैं फिर से सो गया।

कुछ देर बाद *'जय माता दी... जय माता दी...'* की आवाज़ मेरे कान के पर्दे फाड़ रही थी। 'हे भगवान, कोई तो इस आवाज़ को बंद करो!' लेकिन वहाँ सुनने वाला कोई नहीं था, सिवाय मेरे अकेलेपन के।

पिछली बार नाराज़ होकर जाने से पहले, 'दी' ये कॉलबेल लगवा गई थीं। जब भी बजती है, उनकी याद आ जाती है।

* * *

"मुझे कॉलबेल की क्या ज़रूरत? मेरे अकेलेपन में कोई नहीं आता।"

'मैंने न्यूज़ पेपर वाले से कह दिया है, सुबह-सुबह वो कॉलबेल बजाकर न्यूज़ पेपर रखेगा।"

"और मेरी नींद ख़राब करेगा।"

नहीं... और इसी बहाने से घर में ईश्वर का नाम गूँजेगा।

"वो तो मोबाइल के अलार्म टोन में भी आपने सेट कर दिया है।" मैंने याद दिलाया।

"क्यूँकि रोज़ तुम्हारे कानों में सबसे पहले भगवान का नाम पड़े; घर में कोई पूजा-पाठ करने वाली तो है नहीं।"

"अब तो कॉलबेल और अलार्म टोन दोनों हो गया।" मैंने माहौल को हल्का बनाने की कोशिश की, लेकिन असर उल्टा हुआ।

"तुम कब तक मुझे मेरी ग़लती की सज़ा देते रहोगे?" कहते-कहते दी रुआँसी हो गई थीं। मेरे बेशब्द अकेलेपन का ज़िम्मेदार वो ख़ुद को मानती हैं, और शायद मैं भी।

"आप ढूँढ़ लीजिये कोई पूजा-पाठ करने वाली।" मैंने दी से कह तो दिया था, लेकिन मेरी नियति के दरवाज़े पर कोई और खड़ी थी।

* * *

'कहीं फिर से न कॉलबेल बजने लगे।' अनिच्छा से उठकर दरवाज़ा खोलता हूँ। वो वापस जाने के लिये मुड़ गई थी, कि शायद घर में कोई नहीं, लेकिन दरवाज़ा खुलने की आहट पर पलट गई।

उसने हल्के बादामी रंग का चूड़ीदार और मैचिंग कार्डिगन पहना हुआ था। उसके एक कंधे पर सफ़ेद रंग का हैंड बैग और दूसरे हाथ में ट्रैवलिंग बैग था। एक कलाई में सोने की चूड़ियाँ, दूसरी कलाई में घड़ी। उसने अपने बालों को बाँधकर गले से थोड़ा सा ऊपर पोनीटेल बनाया था। गेहुँआँ रंग पर आँखों में ढेर सारा काजल। उसकी शुद्ध और शांत सुबह सी सादगी

में मैं खो गया।

जब उसने पूछा "अंदर आ जाऊँ?" मैं चौंक गया, शायद ख्यालों में बहुत दूर चला गया था वापस आते हुए मैंने कहा, "हाँ आओ न प्लीज़" और सामने से हट गया।

वो अंदर आकर सोफ़े पर बैठ गई, बिलकुल बेतकल्लुफ़, हमेशा की तरह। वो हमेशा से ऐसी ही थी; दूसरों का मन समझती थी, जानती थी मैं उसका स्वागत ही करूँगा हमेशा, इसलिये निःशंक आ गई थी।

मैं ठीक उसके सामने बैठ, थोड़ी देर उसकी ख़ामोशी सुनता रहा। इससे आप मुझे निहायत ही कमज़र्फ़ इंसान या अपने हिसाब से जो समझना चाहें समझ सकते हैं। सच तो ये है कि मैं कोई लेखक नहीं, जो उसकी ख़ामोशी को भी शब्दों में ढाल दूँ, लेकिन हाँ, अपने मन के भाव को कच्चे अनगढ़ शब्दों का जामा पहना रहा हूँ।

एक तो रोज़ सुबह की आदत, ऊपर से ठंड का मौसम। चाय की चाहत सेल्डम ही नैचुरल कॉल बन जाती है।

लेकिन अचानक ही मुझे ख़याल आया, इसे तो कॉफ़ी पसंद है।

"मैं तुम्हारे लिये कॉफ़ी बनाकर लाता हूँ।" कहकर उठ गया।

"नहीं, चाय पियूँगी; अदरक वाली चाय।"

उसने आदत के विपरीत छोटा सा जवाब दिया। अमूमन बात ख़त्म होने के बाद, 'क्यूँकि' या 'इसलिये', जोड़कर बात को आगे बढ़ाने की उसकी आदत थी। जैसे आज वो कह सकती थी 'क्यूँकि ठंड बहुत है, और ठंड में अदरक वाली चाय पीनी चाहिये, सेहत के लिए अच्छी होती है; पहले तो मैं कॉफ़ी पीती थी, लेकिन एक ही आदत से ऊब जाती हूँ, इसलिए आजकल चाय पीने लगी हूँ।' उसकी बातें ख़त्म नहीं होती थीं।

चाय का बर्तन गैस पर रखकर उसके बारे में सोचकर आप ही मुस्कुरा रहा था, कि क़दमों की आहट सुनी और मैं सजग हो गया।

"दी कैसी हैं?" वो किचन के अंदर आ गई थी।

"नाराज़ है।"

"जो प्यार करते हैं, वो ज़्यादा दिन तक नाराज़ नहीं रह पाते हैं।"

उसने धीरे से कहा था। मुझे उसकी आवाज़ बहुत अंदर से आती हुई लगी।

"लेकिन कुछ लोग नाराज़ होकर बहुत दूर चले जाते हैं।" मैंने तजुरबा बयान किया।

"कोई जानबूझकर नहीं जाता वक़्त और हालात जाने के लिए मजबूर कर देते हैं।" उसने कहीं खोये-खोये कहा था।

विशाल समंदर में तैरती हुई छोटी सी नाव जैसी उसकी आवाज़ मुझे अपराधबोध से भर गई। शायद वो कहना चाहती थी, तुमने जाने के लिए मजबूर कर दिया था मुझे, जबकि मैं कभी जाना ही नहीं चाहती थी।

वो ख़ामोशी से चाय पी रही थी, और मैं हमेशा की तरह 'सुर्र-सुर्र' करके। आवाज़ करके चाय पीने की आदत के कारण कई बार शर्मिंदा भी हुआ हूँ, लेकिन दी कहती हैं, कुछ आदतें छूटतीं नहीं, छुड़ाई जाती हैं।

चाय ख़त्म होते ही मैंने पूछा "कैसी थी?"

असल में पूछना चाहता था "तुम अदरक वाली चाय कबसे पीने लगी?" और बदले में वो मुझे शब्दों के अनेक लफ़्ज़ उपहार देती। मुझे तो उसे सुनने की लत है। उसकी अंतहीन बातें सुनने की लत; इसलिये उस वक़्त उसकी चुप्पी मुझे काट रही थी।

'क्या?' अपने ख़यालों से बाहर निकल वो ठीक मेरे सामने थी।

"चाय और क्या?"

"अच्छी है, एक कप और मिलेगी?"

"ठीक है, बनाता हूँ।"

"अभी नहीं, बाद में।"

कमरे में फिर से सन्नाटा पसर गया था। जनवरी के महीने में मई की

दोपहर जैसा सन्नाटा।

अपने पैर फैलाकर मैं अधलेटा सा हो गया था। उसका होना मेरे एकांत को मोहक बना रहा था। मैं उसके पास जाकर बैठना चाहता था। शायद उसकी गोद में सर रख अपने बालों में उसकी उँगलियों की लयबद्ध चलन महसूस करना चाहता था। वो मुझे ललचा रही थी।

वो मुझे पहले भी ललचाया करती थी।

"क्या कर रहे हो?"

"कुछ ख़ास नहीं।"

"अच्छा बताओ, मैं क्या कर रही हूँ?"

"तुम्हीं बता दो।"

"मैं कॉफ़ी बना रही हूँ, तुम पियोगे?

"हाँ ; लेकिन कैसे?"

"अच्छा अपनी आँखें बंद करो, और सोचो कि तुम कॉफ़ी पी रहे हो।"

अगला क्विज़ गाजर के हलवा के लिए था। फिर कभी आलू का पराँठा और कभी कुछ और।

ये लड़की हमेशा ही क्यूँ मुझे इस तरह ललचाती रहती है। लेकिन मैं उसकी तरह मन समझने में माहिर नहीं था, इसलिये मेरे मौन सवालों का जवाब भी मौन ही मिला।

उसकी यादें मेरे चेहरे पर फिर से स्माइल ले आई थीं, और इस बार मैं पकड़ा गया।

"तुम मुस्कुरा रहे हो?"

"यूँ ही।"

'पक्का?'

''हाँ पक्का; चाय बनाता हूँ।'' मैंने बात बदल दी।

''मैं बनाऊँ?''

''लेकिन तुमने कहा, मैंने अच्छी बनाई थी।''

''मैं भी अच्छी बनाती हूँ।''

शायद उसे मेरी बनाई चाय पसंद नहीं आई थी। पसंद आ भी कैसे सकती है। हम दोनों तो एक-दूसरे से बिलकुल अलग हैं। लेकिन वो कहती थी, दो अलग-अलग लोग साथ रहते हुए एक से हो जाते हैं; 'मैं' और 'तुम' से 'हम' हो जाते हैं।

उसके पीछे मैं भी किचन में चला गया। शायद कोई ज़रूरत हो!

''कुछ चाहिये तुम्हें?'' पूछने की बारी उसकी थी।

''नहीं; कुछ नहीं'' कह सकता था, 'तुम चाहिये', लेकिन मैंने कहा ''तुम बहुत बदल गई हो।''

''लेकिन तुम आज भी वैसे ही हो; एकदम अकेले, चुप-चुप; ज़रा भी नहीं बदले। ''वो चाय बनाते-बनाते कह रही थी।''

''हाँ; शायद।''

''आज भी संक्षिप्त जवाब।''

'हम्म।' मैं उसे सुन भी रहा था और नहीं भी, क्यूँकि मेरे घर में उसका चाय बनाना मुझे मेरे ही सपनों की दुनिया में धकेल रहा था।

कैसे ख़्यालों में अक्सर मैं उसे अपने घर के किचन में मेरी पसंद के पकौड़े बनाते हुए देखता था। वो कुशल गृहणी की तरह और मैं दीवानों की तरह कभी शक्कर देता कभी अदरक।

•

हम फिर से चाय पी रहे थे। इस बार मैं 'सुर्र सुर्र' नहीं कर रहा था।

''जब तुम दूसरों की बनाई चाय पीते तो आवाज़ नहीं करते?''

मैं मुस्कुराता हूँ। शायद वो ज़रा भी नहीं बदली है।

“नहीं; इस बार तुम्हारा ख़याल था।” मैंने उसे देखते हुए कहा।

“तुम मेरी परवाह मत करो; अजीब लग रहा है; मुझे तुम्हारी बेरुख़ी की आदत है।”

मैंने उसे बेचारगी से देखा। “मेरे पास कोई जवाब नहीं था।”

“तुम बहुत थकी हुई लग रही हो।”

“हाँ वाक़ई, बहुत थक गई हूँ।”

“नहा लो।” उसके लिये मेरी फ़िक्र अनचाहे ही ज़ाहिर हो रही थी।

“नहीं मैं ठीक हूँ।”

“दो बाथरूम हैं; तुम दूसरा इस्तेमाल कर लो, तब तक मैं कुछ खाने के लिए लाता हूँ।”

“बाहर से?”

“हाँ बाहर से; छुट्टी के दिन मैं मेड नहीं बुलाता, अपने एकांत में रहना चाहता हूँ।”

“ओह, फिर तो मैंने तुम्हें परेशान कर दिया।” उसकी आवाज़ में शर्मिंदगी थी।

उसके शर्मिंदा होने की नागवारी में अनायास ही मुँह से निकल गया, “तुम्हारा आना मुझे बुरा नहीं लगता है।” असल में कहना तो ये चाहता था ‘मैं अब तक तुम्हारे इंतज़ार में ही जी रहा था, वर्ना तुम्हारी यादों में मर गया होता।’

वो मुझे देखने लगी थी, और मैं उसके देखने की भाषा समझ नहीं पाया, कि वो क्या कहना चाहती है, इसलिये नज़रें चुराने लगा।

“मैं कुछ बनाऊँ?” उसने पूछा।

“नही तुम बहुत थकी हुई हो; नहा लो, मैं बाहर से लाता हूँ।” कहकर उठ गया।

मैं वापस आया तो वो अब तक नहा रही थी। लड़कियाँ बहुत देर तक नहाती हैं। मौक़े का फ़ायदा उठाकर मैं भी उसके लूक्वॉर्म जैसी यादों में डूबकर कई साल पीछे चला गया... जब उसका लास्ट sms आया था।

* * *

"मैं हमेशा के लिए यहाँ से जा रही हूँ; तुम्हारा नम्बर भी डिलीट कर रही हूँ, ताकि तुम्हें sms करके तंग ना करूँ।"

मुझे लगा फिर से कोई नया ड्रामा है और इग्नोर कर दिया, लेकिन कई महीने बीत गये, न किसी अनजान नम्बर से मिस कॉल आया, न कोई sms.

मुझे दी से पता चला उसकी शादी हो गई है। मेरी निराशा के लिए इतना काफ़ी था। दिल में अचानक से दर्द होने लगा था। मैंने हाथों से दिल थाम लिया।

* * *

मुझे आज भी एक-एक बात कल की तरह याद है। कुछ साल पहले आधी रात को एक अनजान नम्बर से मिस कॉल आया था। मैंने कॉल बैक किया, तो उधर से सिर्फ़ साँसों के चलने की आवाज़ आ रही थी। अगली सुबह फिर से उसी नम्बर से मिस कॉल आया। कॉल बैक किया तो फिर से सिर्फ़ साँसों की आवाज़।

'कहीं अमिता तो नहीं?' इतनी जल्दी दूर जाना आसान भी तो नहीं; कुछ दिन दूरियाँ परेशान करती हैं।

अमिता ही होगी, सोचकर मैंने उसे ऑफ़िस के बेस फ़ोन से कॉल किया और उसने फट से फ़ोन उठा लिया। शायद तैयार नहीं थी।

'कौन?'

अमिता नहीं थी। अलग आवाज़ थी। "आप तो मुझे अच्छी तरह से जानती हैं, और मैं जानना चाहता हूँ आप कौन हैं?"

"मैं इस तरह कॉल करके बात करने की कोशिश करने वाले को नहीं

जानती।''

"जिसे मिस कॉल करती हैं उसे तो जानती हैं?''

फिर से ख़ामोशी।

"नाम तो बताइये।''

थोड़ा रुक कर बोली 'मोनिका।'

"मो..नि...का? कौन मोनिका?''

मेरे सवाल के जवाब में उसने फ़ोन डिस्कनेक्ट कर दिया फिर उसके बाद मेरा फ़ोन नहीं उठाया।

मैं सचमुच किसी मोनिका को नहीं जानता था, लेकिन ये जानता था कि मोनिका उसका असली नाम नहीं है; वो झूठ बोल रही थी। उसकी आवाज़ जानी-पहचानी सी थी; सुनी-सुनी... अकेले में सुनाई देने वाले दिल की धड़कन जैसी। मैं ये भारी आवाज़ सुनना चाहता था बार-बार, पता नहीं क्यूँ?

अगले दिन जब मैं लंच कर रहा था तो फिर से उसका मिस कॉल आया। मैं खुद को रोक नहीं पाया। तुरंत कॉल किया।

मेरे हेलो कहने से पहले ही उसने कहा "तो तुमने मुझे पहचान लिया?''

"हाँ शायद।''

"और नम्बर भी सेव कर लिया।''

"हाँ don't pick के नाम से।''

'ख़ूबसूरत।'

'क्या?'

"मेरा नाम; मुझे कई लोगों ने कई नामों से पुकारा है, लेकिन यह नाम सबसे ख़ूबसूरत है; don't pick यह बेहद हसीन है, दोस्तों को भी बता दूँगी, वे मुझे इसी नाम से पुकारे।''

“हाँ दोस्तों को भी; वैसे मैं क्या हूँ?”

‘मिस कॉल।’

“क्या ये मेरा नाम है?”

“रख सकते हो।”

“मिस कॉल के अलावा और क्या करती हो?”

रात Newyork की गलियों में भटकती हूँ, और दिन में DTC की बस से दिल्ली की सड़कें नापती हूँ।

“कॉल सेंटर में काम करती हो?”

“हाँ, और तुम क्या करते हो?”

“मुझे लगा तुम जानती हो।”

“हम्म don't pick.”

इस तरह हमारी फ़िज़ूल की बेतुकी बातें चलती रही। उसके मिस कॉल पर मेरा कॉल बैक करना रोज़ की बेकार की आदत हो गई; इस बेकार की आदत में उसे बेमतलब झूठ बोलने की आदत थी। जब भी मैं उससे कुछ पूछता, उसका जवाब वो झूठ ही देती थी और उसका झूठ मैं समझ जाता। शायद उसे ठीक से झूठ बोलना नहीं आता था लेकिन न जाने क्यूँ मैं उसका झूठ सुनने के लिए ही उसके मिसकॉल का इंतज़ार करने लगा था। ऐसा लगता था उसकी झूठी बातें सुनने के लिये ही दिन बदलता है।

उसकी बातें स्वकेंद्रित होती थीं। वो अपने अलावा किसी और के बारे में बात नहीं करती थी। उसे क्या पसंद है क्या नहीं। कभी खाने के बारे में कभी किताबें और राइटर, तो कभी फ़िल्में और निर्देशक। कभी-कभी तो खाने की रेसिपी भी।

उसकी पसंद का दायरा बहुत विस्तृत था। वो किसी भी विषय पर घंटों बात करती थी। असल में उसे बातें करना पसंद था।

उसने कहा लिखना शायद उसका बेसिक इन्स्टिंक्ट है; लिखने के

लिए उसे सोचना नहीं पड़ता है, की-बोर्ड पर उँगलियाँ अपने आप चलती हैं, जैसे म्यूज़िक पर वो अपने आप थिरकने लगती हैं।

ये सुनकर मैं हमेशा कल्पना में उसे मेरी पसंद के किसी रोमांटिक गीत पर डान्स करते हुए देखता और उसके लैपटॉप के एक सीक्रेट फ़ोल्डर के किसी वर्ड फ़ाइल में ख़ुद को लिखा पाता, लेकिन मुझमें लिखने जैसा कुछ भी नहीं। मेरी ज़िंदगी में पहाड़ों सा बैराग था। मैं किसी को क्या दे सकता था बोरियत के सिवा। मेरी उदासी और उदास हो गई थी।

उसका नाम, उसकी पहचान वो मुझे बताना नहीं चाहती थी, और मैं पूछता भी नहीं था। ऐसा नहीं था कि मैं जानना नहीं चाहता था, लेकिन अगर मैं पूछता तो वो झूठ ही बताती। मैं उसके सच बताने का इंतज़ार कर रहा था, और एक दिन वो इंतज़ार ख़त्म हुआ जब उसने कहा मोनिका उसका असली नाम नहीं है।

"मैं जानता हूँ।"

"पूछोगे नहीं क्या है?"

"तुम बताना चाहो तो बता दो।"

"मेरा नाम वैष्णवी है, प्यार से लोग मुझे वैशु कहते हैं।"

"और गुस्से से? उस वक़्त मुझे गुस्सा आ रहा था, क्यूँकि वो अब भी झूठ बोल रही थी। उसके एक्सेंट से साफ़ पता चलता था कि वो बिहार से है, लेकिन नाम साउथ इंडियन बता रही थी।

"मुझसे कोई गुस्सा नहीं होता।" फिर से उसका आत्मकेंद्रित जवाब हाज़िर था।

'अच्छा।' कहकर मैंने फ़ोन रख दिया। पहली बार मुझे उसके झूठ पर गुस्सा आया था। जब मैंने सच पूछा ही नहीं तो फिर झूठ बताने की जिद क्यूँ?।

एक-दो दिन उसका मिस कॉल नहीं आया। शायद मेरे बेरुख़ी से नाराज़ हो गई थी। जी चाहा कॉल कर लूँ, फिर लगा ये तो ज़्यादती है;

लेकिन ज्यादतियाँ तो स्त्री पक्ष है।

अंततः दो-तीन दिन बाद उसका कॉल आया।

मोबाइल पर 'don't pick' फ्लैश होते देख मेरे दिल की धड़कनें बढ़ गईं और होंठों पर ख़ुशी फैल गई।

"कहाँ ग़ायब थी?" उससे कॉल करे बग़ैर नहीं रहा गया और मुझसे बिना पूछे नहीं रहा गया।

"बिज़ी थी।"

"दिल्ली की सड़कें नापने में या NewYork की गालियाँ भटकने में?"

"अपने मन की गलियों में।"

'हम्म।'

"तुमने क्या किया दो दिन?" उसने मुझसे पूछा था, शायद सूरज आज पश्चिम से निकला था।

"work what else." (काम और क्या)

'अच्छा।' उसकी ठंडी आवाज़ सुनकर ऐसा लगा जैसे शायद वो कुछ और सुनना चाहती थी जो मैंने नहीं कहा।

"तुम कैसी दिखती हो?" मैंने उससे उसकी बात पूछी। उसका पसंदीदा विषय।

"लगभग पाँच फ़ीट की, थोड़ी काली हूँ; काले घुँघराले बाल और दाँत छोटे-छोटे हैं; दोस्त-वोस्त प्यार से 'मोटी' कहते हैं।

क्या आपको यक़ीन हुआ उसकी बातों पर? नहीं न; तो फिर मुझे कैसे होता, जबकि मुझे लगा था अपनी तारीफ़ में या तो वो आज शायर बन जायेगी या कवयित्री।

किसी ज़रूरी काम के याद आ जाने से मैंने फ़ोन रख दिया, लेकिन उस sms कर दिया *"ब्लैक मेरा fevourite कलर है।"*

उसका जवाब तुरंत आया *"क्या सच?"*

'हाँ।'

"सुनो, आज सपने में मुझे देखकर जागना" उसका sms पढ़ने के बाद मैं अपने काम में व्यस्त हो गया और वाक़ई उस रात सिर्फ़ उसी के बारे में सोचता रहा। नींद कहीं और छुपकर बैठ गई थी। शायद उसके आवाज़ों की दिशा में, या उसके लिखे शब्दों के बीच बसे मौन में अर्थ ढूँढ़ता हुआ।

जिस दिन फ़ोन पर बात नहीं होती, उस दिन sms से बात होती थी।

हाँ वो sms का जमाना था। तब Facebook इतना प्रचलित नहीं था, और what's app तो था ही नहीं।

असल में वो एक अलग ही युग था। डाकिये की चिट्ठी वाले युग के बाद क़ा युग sms का युग। तब फ्री sms पैक हुआ करता था, जैसे आजकल नेटपैक। तब न स्मार्ट फ़ोन था, न मोदी जी और न जियो।

मैं भी कहाँ भटक गया। आजकल हर बात में मोदी जी।

खैर, शाम से देर रात तक हम एक दूसरे को sms भेजते। मैं अक्सर एक अजीब सी स्थिति में होता। sms का जवाब देना भी चाहता था, और देर से भी देता था जिसपे उसका जवाबी sms तुरंत आ जाता था।

उसकी बातों का मिज़ाज आवारा था। कभी ये... कभी वो...; कुछ भी। एक दिन उसने कहा, उसकी स्किन इतनी सेन्सिटिव है कि जब वो तीन-चार सिगरेट पी लेती है तब उसे पिंपल्स आ जाता है।

वो कहना चाहती थी कि उसे पिम्पल आ गया है। मुझे समझ में नहीं आया मैं पिम्पल के बारे में क्या बोलूँ, इसलिये पूछा, "सिगरेट पीना ज़रूरी है?"

जानते हो मुझे आल्टो बहुत सेक्सी लगती है।

उसने बात बदल दी थी। उसके बात बदलने का तरीक़ा मेरे चेहरे पर स्माइल ले आया।

"अच्छी कार है।"

'हम्म।'

शायद उसे सलाह पसंद नहीं थी, वैसे भी जो बात सबको पता हो, उस बात का ज्ञान देना भी अजीब लगता है। विडम्बना तो ये है सिगरेट के डब्बे पर भी *'सिगरेट सेहत के लिये हानिकारक है'* लिखा होता है, फिर भी लाखों लोग पीते हैं और मरते हैं।

अचानक ही उसे खोने के डर से डर गया था।

उसे sms किया *'cigarette kills.'*

उसका जवाब तुरंत आया *"मेरी हथेली में उम्र की रेखा बहुत लम्बी है।"*

मैं और क्या कहता। मैंने कोई जवाब नहीं दिया।

उसे मेरे बारे में सबकुछ पता था, और मुझे उसका नाम भी नहीं।

एक दिन अचानक बात करते हुए उसने अमिता के बारे में पूछा। मैं चौंक गया था "तुम्हें इतना कैसे पता है मेरे बारे में?"

"क्या कोई जासूस हो?"

"यही समझ लो।"

"तुम्हें मेरे पीछे किसने लगाया है?"

"तुम्हारी बीवी ने; उसे तुम पर शक है कि आजकल तुम्हारा किसी और से चक्कर चल रहा है।

"क्या बताने वाली हो तुम उसे?"

"यही, कि जिससे तुम्हारा चक्कर चल रहा है, उसे अभी तक तुमने देखा भी नहीं।"

"लेकिन मैं तो उसे रोज़ देखता हूँ।"

"कैसी दिखती है वो?" बहुत संजीदा हो गई थी वो।

"काली और मोटी।"

"नहीं अफ़ेयर वाली नहीं, घरवाली?"

"घरवाली नहीं है, सिर्फ़ बाहरवाली है; मैं अपने लिफ़ाफ़े में ख़ुद ही चिट्ठियाँ रखता हूँ।" मैंने कहा, लेकिन उसे यक़ीन नहीं हुआ था शायद।

अगली बार पूछा "बीवी बच्चे कैसे हैं?"

"बीवी और बच्चे नहीं हैं।"

"अमिता तो है।"

"नहीं है, वो चली गई।"

"तुमने उसे जाने दिया?"

"उसका मुझ पर हक़ नहीं था।"

"किसका है?"

"जेह्नी तौर पर उसका इंतज़ार है।"

ये सुनने के बाद उसमें चमत्कारिक परिवर्तन हुआ, इसलिये उसने बिना पूछे ही बताया कि वो एक न्यूज चैनल में वास्तविक घटना पर आधारित recreation programme की असिस्टेंट producer है, और एक एपिसोड में उससे ज़बरदस्ती acting कराई गयी थी, लेकिन सबको समझ आ गया है कि ऐक्टिंग उसके वश की बात नहीं।

अब ये बताने की ज़रूरत तो नहीं कि उसके बाद उस चैनल का recreation programmer देखने की आदत बन गई थी।

लेकिन काश कि पहले बता देती तो मैं कम से कम ज़बरदस्ती वाले एपिसोड में उसे देख लिया होता कि कितनी मोटी और काली है।

"चैनल्ज़ में मेरे कई फ्रेंड्ज़ है।" मैंने कहा था।

"""जानते हो मुझे सीमा बिस्वास की ऐक्टिंग बहुत पसंद है।"

ये लड़की गिरगिट से भी ज़्यादा तेज़ी से रंग बदलती है। मन ही मन सोचते हुए कहा, "मुझे आयशा धाकड़ पसंद है।"

कई दिन हो गये थे उसका कॉल या sms नहीं आया। जैसे नमक के बिना खाना, वैसे ही उसकी बातों के बिना ज़िन्दगी बेस्वाद लग रही थी। कितनी स्वार्थी है वो। जब उसका मन करता है कॉल कर लेती है, ना दिन देखती है न समय, और मैं भी सब काम छोड़कर उससे बातें करने लगता हूँ।

कभी मेरा भी तो बात करने का मन हो सकता है।

'उसका मन होता है तो वो कॉल करती है, तुम्हारा मन है तो तुम कॉल कर लो।' मन ने जैसे ही कहा, मैंने फ़ौरन उसे कॉल किया।

उसने धीरे से फुसफुसा कर कहा "आजतक के दफ़्तर में हूँ, बाद में बात करते हैं।" और disconnect कर दिया।"

फिर तुरंत sms आया, *"मिस करना आदत की बात है।"* और साथ में एक स्माइली था।

कभी-कभी एक स्माइल भी दिन बना देती है।

उसे संदीप चौरसिया बहुत डैशिंग लगता था, और उसके सिगरेट पीने की स्टाइल बहुत सेक्सी।

मैंने कभी सिगरेट नहीं पी, लेकिन सुना था लड़कियाँ सिगरेट पीने वाले लड़कों की तरफ़ ज़्यादा आकर्षित होती हैं।

उस शाम मैंने सिगरेट पीने की बहुत कोशिश की; स्टाइल से, ताकि किसी दिन उसे सेक्सी लगूँ।

जब उसने मिस कॉल किया, उस वक़्त मैं मीटिंग में था। बाद में मैंने कॉल किया तो उसने disconnect कर दिया; एक बार नहीं लगातार, बार बार, कई बार। फिर sms आया *"क्या बाद में बात कर सकते हैं?"*

"अभी क्यूँ नहीं?"

"अभी किसी रेलटिव के यहाँ आई हूँ।"

"तो क्या हुआ? मुझे अभी बात करनी है।" मैं ज़िद पे अड़ा था। अधिकार होने जैसी ज़िद।

लेकिन उसने अपना फ़ोन switched off कर लिया।

मैं क्यूँ ज़िद कर रहा था क्यूँ अधिकार जाता रहा था, जब वो मेरे अधिकार में नहीं। सोचकर मायूस हो गया।

valentine day के दिन उसने कहा, वो मुझे प्रपोज़ करना चाहती है।

'वाक़ई?'

"हाँ; अपनी आँखें बंद करो और इमेजिन करो रेड ड्रेस पहने हाथों में लाल गुलाब लिये मैं तुम्हारी तरफ़ आ रही हूँ।

और मैं तुम्हारे रास्ते पर लाल गुलाब की पंखुड़ियाँ बिखेर रहा हूँ। मैंने उसके अन्दाज़ में ही कहा।

"मैं घुटनों पर बैठकर तुमसे तुम्हें माँग रही हूँ।"

"हिंदी फ़िल्म कम देखा करो।" मैंने उसके सपने पर ब्रेक लगा दिया।

"इंग्लिश फ़िल्म वाला इश्क़ मुझसे नहीं होगा।"

"लेकिन फिर तुम्हें चौरसिया का सिगरेट पीने का स्टाइल सेक्सी लगता है?"

"जलन की बू आ रही है।" उसने हँसते हुए कहा।

"नहीं, जलन नहीं।"

"चल झूठा!" फिर उस तरफ़ शायराना हँसी, और इस तरफ़ अजीब सी कसक।

वो बहुत फ़िल्मी थी। कभी किसी गीत के कुछ लाइन भेजती, या कभी कहती, अभी फ़लाना चैनल देखो, मेरी पसंद का सांग आ रहा है; और मैं न्यूज़ सुनना छोड़, उसके बताये हुए चैनल देखने लगता।

शिवरात्रि के दिन उसका sms आया *"आज मैंने व्रत रखा है।"*

"व्रत क्यूँ रखा है?"

"क्यूँकि शिव जी के नाम पे एक अच्छा पति मिल जाये।"

"तुम्हें माँगने की ज़रूरत नहीं।"

"तो क्या बिना माँगे अभिषेक बच्चन मिल जायेगा?"

"कभी चौरसिया कभी बच्चन, पहले डिसाइड तो कर लो कौन चाहिये।"

"और अगर दोनों चाहिये तो?"

"फिर शिव जी भी कुछ नहीं कर पायेंगे।"

"मुझे मिस कर रहे थे?" फ़ोन उठाते ही उसने सवाल किया।

"तुमने miss call नहीं किया।"

"don't pick भी तो नहीं किया।"

कुछ सेकंड की चुप्पी के बाद "मिस्टर ख़ामोश! कुछ बोलोगे?"

"ये जॉब तुम्हारा है।"

"लेकिन कॉल तुमने किया है।"

"सुनने के लिये।"

'क्या?'

"जो तुम कहो।"

लो सुनो, अचानक ही बहुत तेज़-तेज़ ढोल बाजे की आवाज़ आने

लगी। शायद वो रास्ते में थी। DTC की बस से दिल्ली की सड़कें माप रही थी।

"सुना तुमने?" उसने पूछा। शोर कम हो गया था। उसकी आवाज़ साफ़ सुनाई दे रही थी।

मैं सुन रहा था ढोल और ताशे की आवाज।

"मुझे शादी में बजने वाले ढोल-बाजे की आवाज़ बहुत पसंद है।" वो चहक रही थी, बच्चों जैसे।

कहना चाहता था, 'मुझे तुम्हारा ढोल और ताशे की आवाज पर चहकना पसंद है' लेकिन कह न सकने की पुरानी आदत ख़राब है।

मैंने उसे अब तक देखा नहीं था, न ही उसने अपने बारे में कुछ ख़ास बताया था, फिर भी उसकी बातों से मैंने एक खाका खींच लिया था। आम सी लड़की थी वो, जिसके सपनों की एक अलग दुनिया थी, जहाँ सिर्फ़ वो और उसकी ख़ुशियाँ थीं जबकि मेरी दुनिया में मैं और मेरा एकांत। बातों ही बातों में हम दोनों की दुनिया के बीच एक आभासी पुल का निर्माण हो गया था। पता नहीं उस पुल के रास्ते वो मुझे अपनी दुनिया में ले जाना चाहती थी, या मेरी दुनिया में आ जाना चाहती थी।

मेरी आँखें स्वप्निल नहीं थीं। मेरे लिये मेरा यथार्थ ही मायने रखता था; और मेरे यथार्थ में सिर्फ़ मेरा एकांत था। आजकल वो हमारे बीच के अदृश्य रास्ते को पार कर चुपके से मेरे एकांत में चली आती थी।

एक ऐसे ही एकांत में उसने कहा, "किसी अलसाई हुई सुबह की धुली हुई दोपहर में मैं तुम हो जाऊँ और तुम मैं, उस रात की स्याही कैसी होगी जिस शाम की को छूकर गुज़र जाएगी तुम्हारी उँगलियों की पोर; ये तमाम बातें तुम्हें बेमानी लग सकती हैं, तुम इसे मेरा जहनी फ़ितूर भी समझ सकते हो।"

मैंने कहा, "एक अजब सी शोर भरी भीड़ में तुम्हारी आवाज़ सुनता

हूँ; घुटी हुई चीख़ सा जो निकलता है वो तुम्हारा नाम है।''

''तुम्हारा नाम; तुम्हारा नाम क्या है?''

वो हमेशा की तरह बात बदल देती है ''कितना मोहक होगा वो एकांत जिसमें तुम गुनगनाओगे कोई रूमानी गीत, और ठंडी हो जायेगी मेरी कॉफ़ी।''

मैं गुनगुनाने लगता हूँ एक रूमानी गीत, लेकिन न वो होती है न ठंडी होती है उसकी कॉफ़ी।

उसने एक दिन अचानक ही कहा, उसका नाम श्वेता है, मोनिका या वैष्णवी नहीं।

वो सच कह रही थी, क्यूँकि हमारे समय में दस लड़कियों में छह के नाम श्वेता ही रखे जाते थे।

''तुम्हारा नाम क्या है, अब इस बात से कोई फ़र्क नहीं पड़ता; तुम्हारे पहले के दो झूठे नाम भी मुझे याद नहीं, क्यूँकि मैंने तुम्हें उन नामों से नहीं पुकारा।

''श्वेता, अब पुकारो।''

'श्वेता।' मैंने मन ही मन पुकारा।

''फ़ोनबुक में edit कर लूँगा''

''क्या मेरा नाम सिर्फ़ तुम्हारे फ़ोनबुक से ताल्लुक़ रखता है?''

''तुम मिलती भी तो फ़ोन पर ही हो।''

''और अगर तुमसे मिली तो?''

''कब मिलोगी?''

''जिस दिन सुबह ही शाम होगी; जब पेड़ चलने लगेंगे, हवाएँ रुक कर इंतज़ार करेंगी, और रास्ते पर गुलमोहर बिछे होंगे।

"कह दो मिलना नहीं है कभी।"

"जब मिलूँगी ऐसा ही होगा, देखना तुम।"

* * *

शैम्पू की हल्की-हल्की खुशबू मुझे यादों के उपवन से खींचकर मेरे मोहक एकांत में ले आई।

वो नहा कर आ गई थी। उसने गीले बालों को तौलिये की बंदिश से आज़ाद कर बूँदा-बाँदी कर दिया।

मैं चाहता था उसे देखते हुए वक़्त को वहीं रोक लूँ, लेकिन उसकी आँखे मेरी आँखों से मिलीं। उसकी निगाहों में बहुत सवाल था।

"कैसी है ज़िंदगी?" मेरा मतलब शादीशुदा ज़िंदगी से है।" मैंने पूछा।

"है नहीं थी।" उसने उदास आवाज़ में कहा।

"मैं समझा नहीं।"

"समझना ज़रूरी भी नहीं।"

"फिर भी अगर समझाना चाहो।"

"मुझे बहुत भूख लग रही है।"

खाने के बाद बुक सेल्फ़ में रखी हुई किताब की तरह हम फिर से एक दूसरे के आमने-सामने अपनी-अपनी चुप्पी ओढ़कर बैठ गये थे। आज वो अलहदा इंसान थी, बाक़ी दिनों से जुदा।

मैं तो हमेशा से ही ऐसा था, लेकिन वो किंचित भी ऐसी नहीं थी; वो सचमुच ऐसी नहीं थी।

"क्या मैं तुम्हारे पास आ सकती हूँ?" उसकी आवाज़ गीली थी।

मैं उसे और तकलीफ़ नहीं देना चाहता था, इसलिये उठकर उसके पास चला गया।

हमारे बीच की थोड़ी सी दूरी को उसने मेरे कंधे पर सर रखकर दूर कर दिया।

उसमें पास आने का सलीक़ा है हमेशा से। मुझमें तो न दूर रहने का हुनर है, न पास आने का अदब।

मेरे कंधे पर उसका सर बहुत भारी लग रहा था। शायद उसके मन पर बहुत बोझ था।

"जानते हो, मैंने एक स्वार्थी इंसान से शादी की थी; मेरी किस्मत में उसकी टाँगो के बीच के आदमी को खुश करना लिखा था; मैं उसके लिये सिर्फ़ sex toy थी।" कहते हुए उसने हल्का हुआ सर उठा लिया था।

मैंने उसकी लाल आँखों में देखा। कितना असहाय दर्द था वहाँ। मैंने नज़रें चुरा ली।

हमेशा विस्तार से बात करने वाली ने आज दो लाइन में अपना सारा दर्द बयां कर दिया था।

मैं ही तो कारण था; मेरे अहंकार, मेरे ग़ुस्से ने कितना कुछ बर्बाद किया था। उसकी खुशियाँ, उसकी शायराना हँसी, मेरी चुप्पी ने सब लूट लिया था।

मैं बात बदलने में उसकी तरह स्मार्ट नहीं था, इसलिये TV ऑन कर दिया। एक बार उसने कहा था, जब वो उदास होती है तब TV देखना पसंद करती है।

जी सिनेमा पर 'पुकार' आ रही थी। उसने कहा "रहने दो।"

मैं रुक गया।

अपने दोनों हाथों से मेरी बाँह पकड़कर उसने फिर से मेरे कंधे पर सिर टिका दिया। वो मुझे ख़ुद से दूर नहीं जाने देना चाहती थी। मैं उसकी पकड़ से दूर जाना भी नहीं चाहता था। काश उसने पहले भी मुझे यूँ ही पकड़ लिया होता।

उसकी पकड़ ढीली हो गई थी। वो सो गई थी। मैंने tv का वॉल्यूम

कम कर दिया।

* * *

मैं उस दिन का इंतज़ार करने लगा, जब सुबह ही शाम होगी...हालाँकि रास्तों पर गुलमोहर बिछे थे, लेकिन वो नहीं आई।

"क्या सुबह मिलने आ सकती हो?" मैंने आधी रात sms किया। मेरे जेह्न में वो थी, मैं जाग रहा था।

"आज तो बिलकुल नहीं।" वो भी जगी हुयी थी। *"शाम एक चैनल की लांच पार्टी में film city जाना है।"*

"शाम ही सही, मैं भी आ रहा हूँ।"

"मिलकर शाम को सुबह कर लेंगे।"

"कैसे पहचानूँगा तुम्हें?"

"काले रंग की ड्रेस पहने काली मोटी लड़की को पहचानना इतना मुश्किल भी नहीं होगा?"

लेकिन पार्टी में किसी भी लड़की ने काले रंग की ड्रेस नहीं पहनी थी।

मैंने कॉल किया तो उसने disconnect कर दिया।

sms आया, *"सॉरी; मैं नहीं आ पाई, कुछ अर्जेंट काम आ गया था।"*

"मुझे बताया क्यूँ नहीं?"

"सॉरी, भूल गई।"

भूल कैसे सकती है... मुझे आज वो बहुत सेलफ़िश लगी थी *"क्या मैं तुम्हें कोई idiot लगता हूँ? एक घंटे से वेन्यू के बाहर खड़ा तुम्हारा इंतज़ार कर रहा हूँ।"*

'सॉरी।'

"अब सॉरी बोलने की ज़रूरत नहीं है; तुम पहले ही बोल सकती थी, जब तुम्हारा पार्टी में आना कैन्सल हुआ; ख़ैर तुम मेरी परवाह क्यूँ करोगी? तुम्हारे लिये तो मैं टाइम पास हूँ, लेकिन अब ये सब ख़त्म, it's all over."

"ठीक है, it's over."

कितनी आसानी से उसने 'it's over' कह दिया। मैं उसके लिये कोई खिलौना था... या तो मन भर गया या कोई और नया मिल गया था।

हफ़्तेभर तक न उसका मिस कॉल आया, न कोई मैसेज मैं भी उसे भूलने की कोशिश में जुट गया था। लेकिन कहते हैं न जिसे जितना भुलाने की कोशिश करो वो उतना और याद आता है। वो भी मुझे बहुत याद आती थी। मेरे ज़ेहन में उसकी बातें गूँजती रहती थीं, जैसे पहाड़ों में गूँजती हैं। शायद मैं पाषाण का बन चुका था।

ऐसी ही एक पाषाणी दोपहर उसका मिस कॉल आया। मैंने इग्नोर कर दिया। फिर लगातार उसके कॉल आते रहे और मैं लगातार खुद को उसे कॉल बैक करने से रोकता रहा।

मैंने तो कुछ भी नहीं चाहा था। सब कुछ तो उसने ही शुरू किया था। मिसकॉल, sms, और मिलने की बात भी... मैं तो कहीं था ही नहीं; या शायद मैं था ही नहीं।

उसका sms आया *"मैं फ़िल्म सिटी आई हूँ, एक घंटे में फ्री हो जाऊँगी, मिल सकते हो?"*

मैंने इग्नोर कर दिया।

आधे घंटे बाद फिर से उसका sms आया *"मैं तुम्हारे जवाब का इंतज़ार कर रही हूँ।"*

"मैं film city जाकर idiot की तरह तुम्हारा इंतज़ार नहीं करना

चाहता।'' मैंने गुस्सा से कहा।

''ठीक है, मैं तुम्हारे office आ जाती हूँ।''

''मैं आता हूँ।'' कहीं सचमुच office ना आ जाये; मैं डर गया था।

'कहाँ?'

मन किया, उसके अन्दाज़ में लिख दूँ, 'जहाँ कोई आता जाता नहीं।'

''बरिस्ता में।'' मुझे बरिस्ता की कॉफ़ी पसंद थी।

''ok मैं आ रही हूँ।''

''तुम मुझे पहचानोगी कैसे?''

''मैं तुम्हें हज़ारों में पहचान सकती हूँ।''

उस दोपहर, बरिस्ता में उसके और मेरे सिवा कोई और नहीं था।

जैसा कि मैंने पहले ही अन्दाज़ लगाया था, वो एक आम सी लड़की थी।

मैं अपनी पसंद की कॉफ़ी ले आया था।

''तो तुम्हीं वो लड़की हो, जिससे मैं लगभग एक डेढ़ साल से फ़ोन पर बात कर रहा हूँ।''

''कोई और तुम्हें क्यूँ पहचानती?'' मेरी ओर देखकर मुस्कुराते हुए कहा उसने।

पता नहीं क्यूँ ऐसा लग रहा था, जैसे उसे पहले भी कहीं देखा है; कुछ याद नहीं आया तो पूछ लिया ''क्या हम पहले भी कभी मिले हैं?''

उसने सीधा जवाब दिया, ''नहीं, और प्लीज़ घूरना बंद करो अब।''

''तो मुझे ऐसा क्यूँ लगता है, मैंने तुम्हें कहीं देखा है?''

''मैं किसी कैदखाने में नहीं रहती; देखा होगा कहीं आते-जाते हुए, या कभी किसी मॉल में।''

"हाँ शायद, लेकिन तुम मुझे कैसे पहचानती हो, अगर कभी मिले नहीं तो?"

"तुम सा बेसब्र और कोई नहीं।" उसने फ्लैट सा जवाब दिया, और मैं फ्लैट हो गया।

आत्ममुग्धता से कोसों दूर, आँखें नीचे किये उसका चुपचाप कॉफ़ी पीना, वक़्त को बोझिल बना रहा था।

जिस लड़की से मैं आज तक फ़ोन पर बात करता आ रहा था, ये उस लड़की से बिलकुल अलग है... पता नहीं वो कोई और होने का दिखावा क्यूँ कर रही थी; या शायद कोई और ही थी। मैंने उसे फ़ोन किया।

"तुम मुझे फ़ोन क्यूँ कर रहे हो?" उसने फ़ोन को देखते हुए पूछा।

"क्यूँकि तुम शायद फ़ोन पर ही बात करती हो।" मैंने कहा।

मुझे एक बार देखकर, फिर से कॉफ़ी पीने लगी थी वो।

"वो लड़की आज तुम्हारे भीतर कहीं छुपी हुई है।"

उसने कहा, "मैं ऐन वही लड़की हूँ।"

मैं कुछ देर तक इंतज़ार करता रहा। शायद अब फ़ोन वाली लड़की बाहर आयेगी... अब आयेगी... लेकिन फिर जल्दी ही बेमानी इंतज़ार से बोर हो गया। सामने बैठी उस लड़की से दूर भागकर फ़ोन वाली के पास जाना चाहता था। मैं उस वक़्त से भाग जाना चाहता था।

उसने कहा, अब वो जाना चाहती है।

मैंने मुड़कर नहीं देखा, वो जा रही थी। शायद उसने भी नहीं देखा।

उसका मिस कॉल आया।

मैंने कॉल बैक किया।

उसने disconnect कर दिया।

मैंने sms किया *'क्या?'*

उसका जवाब आया *"मिस कॉल का मतलब मिसिंग यू।"*

आज पहली बार मैंने भी उसे कई मिस कॉल किये। मैं उसे मिस कर रहा था।

रहा नहीं गया तो sms लिख दिया *"you were pathetic"*

ऐसा मेरे साथ कभी-कभी ही होता है। जब मेरे वश में नहीं होते।

उसने कोई जवाब नहीं दिया।

शायद नाराज़ हो गई थी। जबकि मैं उसे नाराज़ नहीं करना चाहता था। कई दिन तक उसकी तरफ़ से कुछ नहीं आया। सचमुच नाराज़ थी।

एक रात उसका 'गुडनाइट' आया।

"मुझे लगा तुम नाराज़ हो।"

"नहीं बिज़ी हूँ।"

'सचमुच?'

'हम्म।'

एक बात और भी कहना चाहूँगा, मुझे लगता है इस 'हम्म' की शुरूआत उसी ने किया है; 'हाँ' लिखना बोलना तो वो बिलकुल नहीं जानती थी, हमेशा 'हम्म'

मैं उसकी और अपनी उस pathetic मुलाक़ात भूल जाना चाहता था, लेकिन कुछ बातें आप ही ख़ूबसूरत वजह बन जाती है।

उसने sms पर पूछा, *"मैं तुम्हें पथेटिक क्यूँ लगी?"*

"क्यूँकि उस दिन तुम, तुम नहीं थी।"

"कभी-कभी कुछ छुपाने के लिये कोई और बनना पड़ता है।"

"क्या छुपाया तुमने?।"

'temptation।'

"क्या टेम्प्ट कर रहा था तुम्हें?"

"तुम्हारी intense आँखें।"

'और?'

"तुम्हारी स्माइल; घुप्प अँधेरे में भक्क से जला hundred वॉट के बल्ब जैसी।

'और?'

"और तुम।"

मेरे चेहरे पर स्माइल आ गई। मैंने उसे स्माइली भेज दिया।

अचानक ही उसने मुझे jeff कहना शुरू कर दिया।

"तुम मुझे jeff क्यूँ कहती हो? मुझे मेरा नाम पसंद है।"

"क्या तुमने old shelter पढ़ी है?"

"नही; क्यूँ?" मुझे लगा था उसने बात बदल दी।

"तुम्हारे घर के पास वाले crossword में मिल जायेगा।"

'okey.'

"उसका जेफ़्फ़ मुझे तुम जैसा लगता, और सैंड्रा मुझ जैसी।"

मैं old shelter ले आया। अभी पढ़ना शुरू ही किया था कि अचानक से दी ने आकर सरप्राइज कर दिया।

मैं घर आकर दी के साथ व्यस्त हो जाता। वो भी शायद कहीं व्यस्त थी, इसलिये आजकल हमारी बातचीत काफ़ी कम हो गई थी।

अगर कभी देर रात sms पर बात होती भी, तो दी टोक देतीं "तुम तो कभी मोबाइल एडिक्ट नहीं थे।"

उस दिन, दी बार-बार मुझे कॉल कर रही थीं, "जल्दी घर आओ।"

"कोई ख़ास बात है?"

"हाँ, एक सरप्राइज है।"

'क्या?'

"सरप्राइज है।"

मैं रास्ते में था, जब दी का फिर से कॉल आया "जल्दी आओ, नहीं तो सरप्राइज़ मिस कर दोगे।"

दरवाज़ा खोलते ही सामने वो दिखी। पीली सलवार-क़मीज़ में बैठी उसने मुझे नीला कर दिया।

'पहचाना?' दी ने पूछा।

'नहीं।' मैंने बहुत रुखाई से जवाब दिया।

"अरे कैसे भूल गये? श्वेता तो तुम्हारे बचपन की दोस्त है।"

मैं मन ही मन बोला - *'वाक़ई कैसे भूल गया?'*

"वक़्त सब भुला देता है दी, लेकिन मुझे याद रखना चाहिये था।" मेरी कड़वाहट बाहर निकल रही थी, और श्वेता समझ गई, इसलिये उसने कहा "दी अब चलूँगी, देर हो गई है।"

"अरे अभी तो अभिषेक आया है; थोड़ी बातें कर लो, बचपन के दोस्त हो, कितने वर्षों बाद मिले हो।"

दी को क्या पता अभी कुछ दिन पहले ही मिले थे, और बातें तो उसकी डेढ़ साल से सुन रहा हूँ।

हमें चुप देखकर दी ने फिर कहा "क्या तुमने एक-दूसरे को पहचाना नहीं?"

मैंने फट से कहा "हाँ सचमुच नहीं पहचान पाया।" कुछ और कहता,

इससे पहले ही उसने कहा "दी, अँधेरा होने वाला है, और मेरा घर यहाँ से काफ़ी दूर है।"

"रुक जाओ; कल यहीं से ऑफ़िस चली जाना।"

"आपने कॉल किया तो जल्दी में चली आई, लेकिन कुछ पेंडिंग काम है, जो आज ही ख़त्म करना है।"

"ठीक है अगली बार आना तो साथ कोई बहाना मत लाना।"

"जी दी, अब चलती हूँ।"

दी ने कहा मैं उसे छोड़ दूँ। छोड़ तो मैंने बहुत पहले दिया था, आज छोड़ने की औपचारिकता पूरी करनी थी।

"मुझे माफ़ कर दो।" वो मेरी बग़ल की सीट पर बैठी कह रही थी।

"चुप रहो।" पहली बार मुझे उसका बोलना अच्छा नहीं लगा था।

वो चुप हो गई।

ऐसा लग रहा था जैसे मैं कोई काँच का गिलास हूँ और किसी ने मुझे ज़ोर से फ़र्श पर पटक दिया हो। मेरे टुकड़े बिखड़े हुए थे।

मुझे खुद पे गुस्सा आ रहा था। क्यूँ नहीं पहचान पाया? कम से कम जब उसने अपना नाम बताया, तब तो याद आना चाहिये था... लेकिन उसकी याद; उसका नाम सब कुछ मेरे ज़ेहन से निकल चुका था, और वैसे भी छोटे शहरों में ये नाम इतने कॉमन हैं कि ... मैंने उसे भुला दिया था; काश नहीं भुलाया होता!

मुझे लगा था उसके लिये सिर्फ़ वो ही महत्त्वपूर्ण थी, न मैं न दी। मेरे लिये तो दी ही सब कुछ थीं। माँ तो जन्म देते ही दुनिया से चली गई थी। मेरे जन्म की खुशी में माँ की मौत का ग़म किसी को नहीं हुआ; मुझे भी नहीं, क्यूँकि दी ही मेरी माँ बन गई थीं। मेरे और दी के बीच सत्रह साल का अंतर

था। पहली बार मैंने दी को माँ ही कहा था, लेकिन दी ने कहा 'दीदी कहो', और मैं सिर्फ़ 'दी' बोला पाया। तब से मेरे लिये 'माँ' का अर्थ 'दी' हो गया।

दी की शादी होने वाली थी, और मैं बिन माँ का बच्चा बनने वाला था कि अचानक अनाथ हो गया। पिताजी सोये तो फिर कभी नहीं उठे। दी ने मुझे नहीं छोड़ा, इसलिये वो शादी से पहले ही छोड़ दी गईं।

जब पिताजी जी की नौकरी दी को मिल गई, तब लालच में छोड़कर गये लोग वापस आ गये, लेकिन दी ने शादी नहीं करने का फ़ैसला ले लिया था और अचानक ही वो मुझे बेटा पुकारने लगीं। तब से मेरे लिए 'दी' का अर्थ 'माँ' हो गया।

श्वेता से जुड़ी मेरी पहली याद आँखों के सामने लाल हो गई।

* * *

उसके दोनों घुटनों से ख़ून बह रहा था और आँखों से आँसू। कुछ छह सात साल की उम्र होगी हमारी। पूरे मोहल्ले में सिर्फ़ हमारे घर के सामने का हिस्सा ही न तो चारदीवारी से घिरा हुआ था, न ही उसमें साग-सब्ज़ी लगी थी, सो उस हिस्से ने छोटा-मोटा खेल के मैदान का रूप ले लिया।

धूप कम होते ही आस-पास के सभी बच्चे इकट्ठा हो जाते। श्वेता, खेलने आने वाले एक लड़के की फुफेरी बहन थी। गरमी की छुट्टी में ननिहाल आई थी। अपने कज़िन के साथ वो भी खेलने आ जाती थी। अब तक उसका कोई दोस्त नहीं बना था; लेकिन जिस दिन उसके घुटनों में चोट लगी, उस दिन उसकी और मेरी दोस्ती हो गई।

मैं दौड़कर घर से डेटॉल और रुई ले आया था। पीछे से दी soframysin लेकर आईं। जब दी ने उसके घाव पर डेटॉल लगाया, तो वो बहुत ज़ोर से चीख़ी, और मैंने झट से उसके मुँह में टॉफ़ी डाल दिया और वो चुप हो गई।

एक दोस्त का बर्थडे था। उसने एक टॉफ़ी दिया था, जिस पर शायद

श्वेता का नाम लिखा था।

ख़ैर हमारी दोस्ती की शुरूआत मीठे से हो गई थी। मुझे खेलने में इंट्रेस्ट नहीं था, और उसे बातें करने में इंट्रेस्ट था; इसलिये हम खेलते नहीं थे बातें करते थे। वो अपने स्कूल और फ्रेंड्ज़ के बारे में बताती, मैं अपने। वो मुझे ज़्यादा बोलने नहीं देती थी, मैं बस सुनता रहता था। शायद यहीं से मुझे सुनने की आदत पड़ गई, और इसलिये उसने कहा मैं उसका सबसे अच्छा फ्रेंड हूँ।

लड़कियों को हमेशा कम बोलने वाले लड़के ही अच्छे लगते हैं।

उसकी छुट्टियाँ ख़त्म हो गईं और वो चली गई। उसका जाना इतना बुरा नहीं लगा था, जितना फिर से आना; क्यूँकि वो हमेशा जाने के लिये ही आती थी। हर साल ग़र्मी की छुट्टी में उसका नानी के घर आना और फिर चले जाना। वो दो महीने, जैसे कंधे पर पंख पहनकर आते थे।

वो समय ही ऐसा था, जब ग़र्मी की छुट्टी में लोग हिल स्टेशन नहीं, नाना-नानी के घर जाते थे। मेरी नानी नहीं थीं, इसलिये मैं नानी के घर नहीं जाता था। लेकिन उसके आ जाने से राँची, मेरे लिये कश्मीर बन जाता था इसलिये शायद राँची को सब बिहार का कश्मीर कहते थे।

वो पास के शहर जमशेदपुर में रहती थी। लौहनगरी में रहने के कारण ही उसका मन भी लोहे का था। लेकिन उसके लौहखण्ड मन का पता मुझे बहुत देर से चला; तब तक मेरे लिये ग़र्मी की छुट्टी और वो एक दूसरे का पर्याय बन गये थे।

उस बार शुरूआती November में वो दुबारा आई थी। उसके छोटे मामू की शादी थी। लेकिन खेलने के बहाने से मिलने नहीं आ पाती थी। उसका भाई भी नहीं आता था। शादी का घर था। घर में कई बच्चे थे, ऊपर से ठंड का मौसम।

ठंड में शाम जल्दी हो जाती है और शाम की अँधेरी ठंड उसे जल्दी ही रात में बदल देती थी। उस रोज़ वो छह बजे शाम को अकेली आ गई थी।

“तुम अँधेरे में क्यूँ आई?”

“तुमसे मिलने आई हूँ।”

“कल दिन में आ जाती।”

“कल तो चली जाऊँगी।”

“तुम्हारे घर वालों को पता चलेगा तो गुस्सा करेंगे।”

“सबसे छुपकर आई हूँ; घर में बहुत लोग हैं, किसी को पता नहीं चलेगा।

“तुम्हारे लिए कुछ लेकर आई हूँ।” कहते हुए अपनी जींस की जेब से एक छोटा सा पैकेट निकाला। उस पैकेट से राखी जैसा कुछ निकालकर मेरे हाथ पर बाँध दिया।

“तुमने मुझे राखी क्यूँ बाँधा?”

“ये राखी नहीं है, फ्रेंडशिप बैंड है बुद्धू; आजकल फ्रेंड्स एक दूसरे को बाँधते हैं दोस्ती पक्की करने के लिये।”

“लेकिन तुम बहुत दूर रहती हो।” पता नहीं क्यूँ अपने हाथ में बँधी फ्रेंडशिप बैंड को देखते हुए यूँ ही कह दिया मैंने।

अरे हर साल तो मैं आती हूँ और अब घर में फ़ोन लगने वाला है तो मैं तुमको फ़ोन भी किया करूँगी।

“मेरे घर में तो फ़ोन नहीं है?”

“तो तुम PCO से कर लिया करना, करोगे न?”

“हाँ कोशिश करूँगा।”

“नहीं कोशिश नहीं promise करो।”

“ठीक है करूँगा।”

“अब मैं जाती हूँ।” कहकर वो जाने के लिये उठ गई थी; फिर वापस आई और मुझे चूम कर भाग गई।

वो बड़ी हो गई थी, इस बात का एहसास मुझे पहली बार हुआ। दी ने उसका चूमना देख लिया था। ''लड़कियाँ जल्दी बड़ी हो जाती हैं; उससे मिलना जुलना ठीक नहीं, पढ़ाई पर ज़्यादा ध्यान दो।''

ग़र्मी की छुट्टी में वो फिर से आई। इस बार उसका आना बहुत बुरा लगा, क्यूँकि वो खेलने नहीं आ रही थी। शायद उसके घरवालों को भी समझ आ गया था कि वो बड़ी हो गई है। उस दिन दोपहर को वो मेरे घर आई थी।

उसने कहा, ''सब सो रहे हैं, और दी भी ऑफ़िस गई होंगी, इसलिये मैं मौक़ा देखकर आई हूँ।''

वो बिलकुल मेरे पास बैठी मेरी ओर कुछ माँगती हुए निगाह से देख रही थी। उसकी आँखों की भाषा उन छद्म शब्दों के अर्थ बता रही थी, जिनकी व्याख्या मैं आज कर रहा हूँ; उस वक़्त मेरे लिए वो बेमानी थे।

''दी ने कहा है अकेले में मिलना जुलना ठीक नहीं, तुम घर चली जाओ।''

''और तुम्हारी दी जो किसी से अकेले में मिलती जुलती हैं वो ठीक है?''

''मेरी दी किसी से अकेले में नहीं मिलती।'' मैंने बिना ज़्यादा सोचे कह दिया, क्यूँकि मैं अब तक इन बातों को सोचने समझने के लायक नहीं हुआ था; लेकिन श्वेता समझाने पर तुली थी।

''और मेरे घर के लोग जो बोलते हैं वो झूठ है?''

''जाओ उनकी बात सुनो।''

''जा रही हूँ।''

''अब कभी मत आना।''

''नहीं आऊँगी।'' कहकर वो चली गई।

कहते हैं जिस रिश्ते की शुरूआत मीठे से होती है, उसमें ज़िंदगी भर

मिठास बनी रहती है; लेकिन अक्सर ज़्यादा मीठा ही कीड़ा लगने का कारण होता है। मैंने अपनी कलाई पर बँधे फ्रेंडशिप बैंड को तोड़ दिया।

ये अलग बात है कि मैंने दी से कभी पूछा नहीं कि वो अकेले में किससे मिलती-जुलती हैं; शायद यक़ीन था; लेकिन नेतरहाट स्कूल जाने से पहले कहा "आप अब शादी कर लीजिये।"

दी ने कहा, "मेरी ज़िंदगी में तुम काफ़ी हो।"

* * *

श्वेता के बताये एड्रेस पर मैंने उसे ड्रॉप कर दिया था। वो काफ़ी देर तक वहीं खड़ी रही। मैं उसे साइड मिरर में तब तक देखता रहा, जब तक वो अँधेरे में गुम नहीं हुई।

उस रात न मैं सोया न वो।

"दी ने मुझे तुम्हारा नम्बर दिया था।" "मैंने उन्हें तुम्हें बताने से मना किया था।" "आज भी दी ने फ़ोन करके बुलाया था। मैंने उन्हें हमारे बारे में कुछ नहीं बताया है।" वो रात भर sms लिखती रही मैं पढ़ता रहा हमेशा की तरह, और ये सिलसिला उसका लास्ट sms आने तक चलता रहा। वो हर sms में माफ़ी माँगती, और मैं पढ़कर डिलीट कर देता।

बाद में एक दिन पुरानी किताबों में मुझे old shelter मिली।

old sheltor सैंड्रा नाम की एक युवती की कहानी थी, जिसे बचपन में अपने दोस्त जेफ़्फ़ से प्रेम हो जाता है, लेकिन किसी कारण जेफ़्फ़ उससे नाराज़ हो जाता है और नाराज़ होकर दूर चला जाता है। वर्षों बाद सैंड्रा उससे फिर मिलती है, लेकिन जेफ़्फ़ सैंड्रा को पहचान नहीं पाता है और इस बार जेफ़्फ़ सैंड्रा के प्रेम में पड़ जाता है।

काश मैंने पहले पढ़ लिया होता!

दी ने कभी उसका ज़िक्र नहीं किया, क्यूँकि वो मुझे श्वेता से दूर

रखना चाहती थीं, और मैं दूर हो भी गया था; लेकिन वो कभी दूर नहीं जा पाई।

वो हमेशा दी से मिलने आती रही। दी से मेरी बातें करती और मेरे फ़ोटोज़ देखकर चली जाती। वो मुझे फ़ोटो में बढ़ता हुआ देख रही थी, और मैं उसे यादों से भुला रहा था।

जब तक दी रहीं, वो कई बार घर आई; एक बार तो रात में रुकी भी। लेकिन मैं उससे दूर ही रहता था। कभी-कभी जब दी किचन में होती तो उसकी आँखें मेरा पीछा करतीं और मैं पीछा छुड़ाकर कमरे में बंद हो जाता।

दी वापस चली गई थीं। श्वेता के sms आते रहे; कभी-कभी कॉल भी, जो मैं जानबूझकर मिस कर देता। उसका नम्बर अपने फ़ोन से डिलीट कर दिया था मैंने। इन्तेहाँ तो ये थी कि बंद आँखों से भी मैं उसका नम्बर डायल कर सकता था, लेकिन खुली आँखों से भी नहीं करता था।

उस दिन रात के तीन बज रहे थे, जब फिर से श्वेता का sms आया *"माफ़ कर दो प्लीज़।"* मुझे इस तरह से बार-बार उसका माफ़ी माँगना अच्छा नहीं लग रहा था।

मैंने कहा, *"सब भूल जाओ।"*

उसका sms आया *"तो तुमने माफ़ कर दिया?"*

मैंने 'हाँ' टाइप करके इरेज कर दिया।

लेकिन उसका sms फिर से आया *"काश! भूलना आसान होता।"*

फिर कई sms आये। एक के बाद एक। अंतिम sms आने तक मैं सिर्फ़ पढ़ता रहा।

कभी-कभी मैं उसके sms का रिप्लाई कर देता था, तब बहुत खुश होकर वो कई sms भेजती थी और कॉल भी करती। लेकिन मैंने अपने मन

पर भारी पत्थर रख लिया था, जो न हिलता था, न गलता था।

दी ने कहा मैंने तुम्हें श्वेता से दूर रहने कहा था; बहुत दूर हो जाने के लिये नहीं... वो तुम्हारे पास रहना चाहती थी, लेकिन तुमने उसे जाने दिया।

"वो हमेशा जाने के लिये ही आती है।"

"कोई जाने के लिये नहीं आता, हम उसे जाने देते हैं; मैंने भी किसी को जाने दिया था; जब वो बहुत चला गया तब एहसास हुआ कि क्या दूर हुआ है।" दी ने धीरे से कहा था।

श्वेता ने ठीक कहा था; दी किसी से मिलती-जुलती थीं, लेकिन इतने साल बाद मैं दी को वो सब बताकर उनका दिल और नहीं दुखाना चाहता था, जैसे अपना दुखाया था। लेकिन क्या इश्क़ आयेगा फिर से चूमने के लिये?

* * *

"ये जानते हुए कि तुम मुझसे मिलना नहीं चाहते हो, मैं तुम्हारे एकांत में चली आई; यक़ीन था मना भी नहीं करोगे।" उसने अजीब सी अजनबीयत भरी नज़रों से मुझे देखते हुए कहा था।

वो नींद से जाग गई थी। मैं भी जाग गया था। सपना पूरा हो चुका था। इश्क़ यहीं था, मेरे पास और मैं उसके sms नहीं, उसकी आँखें पढ़ रहा था। उन आँखों में हज़ार शिकायतें थीं।

लेकिन होंठों पर - "तुम्हारे साथ बिताया ये एक दिन मेरी ज़िंदगी का सबसे ख़ूबसूरत दिन है; पता नहीं कितने दिनों से मैं ठीक से सोई नहीं थी; आज तुम्हारे कंधे पर सुकून मिला तो नींद आ गई।" वो मुझपे नज़रें गड़ाये हुए कह रही थी।

उसकी नज़रें मुझपे असह्य गुज़र रही थीं। मैंने बेचारगी से उसे देखा। "तुमने ठीक कहा था दी, किसी से मिलती-जुलती थीं, मुझे माफ़ कर दो।" मेरे शब्दों में बहुत बेबसी थी।

“सब भूल जाओ; बचपना था।”

“तो क्या तुमने मुझे माफ़ कर दिया?” मैंने उसका वाक्य दुहराया था।

उसने भी मेरी तरह कोई जवाब नहीं दिया। वो उठ गई थी, “अब जाना होगा।”

“कहाँ जा रही हो?”

“ऐसी जगह, जहाँ मुझे कोई नहीं जानता हो।”

“मेरी यादें तुम्हें ठीक से जानती हैं।”

“तुम्हारी यादें जीने का सहारा हैं।”

“वक़्त के साथ ये यादें बूढ़ी हो जायेंगी।”

“बूढ़ी तो एक दिन मैं भी हो जाऊँगी” कहकर दरवाज़े की तरफ़ उसने क़दम बढ़ा दिये।

“तुम हमेशा जाने के लिये क्यूँ आती हो?”

“तुमसे दूर जाना मेरी नियति है।”

“हमेशा से मुझे तुम्हारे जाने से नफ़रत है।” मैं बेसाख़्ता कह गया।

सामने टी वी पर सांग चल रहा था।

‘क़िस्मत से तुम हमको मिले हो, कैसे छोड़ेंगे ...’

मैंने TV का वॉल्यूम बढ़ा दिया और उसके क़दम रुक गये।

4

लास्ट कॉफी

उस दिन पहली बार उसे लिफ्ट में देखा।

इक्कीसवें फ़्लोर से ग्राउंड फ़्लोर तक आते-आते कुछ तीन-चार मिनट तक उसके साथ रही। उसके हाथ में लैपटॉप था, जो उसके साइज़ के अनुपात का ही था... स्लीक और छोटा सा। B का बटन पहले से दबा हुआ था। शायद उसे कहीं दूर जाना था, और उसकी कार बेसमेंट में थी। उसपे ज़्यादा ध्यान नहीं दिया मैंने; या फिर उसमें ध्यान आकर्षित करने वाला कण नहीं था।

उसके स्ट्रांग परफ्यूम की ख़ुशबू से लिफ़्ट का क्यूबिकल प्रदूषित हो गया था... हाँ वो एक तरह का प्रदूषण ही था, क्यूँकि उस ख़ुशबू में मेरा दम घुट रहा था। पता नहीं पुरुषों का परफ्यूम इतना स्ट्रांग क्यूँ होता है... और वो तो पानी से नहीं, शायद परफ्यूम से नहाकर निकला था।

ये संयोग ही था, कि अगले दिन शाम को बग़ल के सुपर मार्केट से जब मैं ग्रॉसरीज़ लेकर आ रही थी, घर से पहले वाले मोड़ पर वो फिर से

दिख गया। मैं उसके पीछे थी। वो बहुत तेज़-तेज़ चलकर आगे निकल गया। मैं लिफ़्ट के पास पहुँची, तो वो वहीं खड़ा दिखा। लिफ़्ट, मेरे पहुँचने के बाद आई। पहले वो, फिर मैं अंदर गई। उसने 'तेईस' प्रेस किया, और मैंने इक्कीस। उसने लिफ़्ट के अंदर लगे स्टेन्लेस स्टील की रेलिंग को पकड़ रखा था; शायद बहुत थका हुआ था।

फिर बहुत दिनों बाद मिला था। मैं जैसे ही लिफ़्ट में दाख़िल हुई, उसने स्माइल से मेरा स्वागत किया। रॉयल ब्लू कलर का टेलर्ड सूट पहने, अलहदा लग रहा था।

अच्छा पहनावा हमेशा ही व्यक्तित्व में चार चाँद लगा देता है; कई बार साधारण सा दिखने वाला इंसान भी असाधारण लगने लगता है। वो भी आज असाधारण लग रहा था।

मैंने उसके चेहरे की तरफ़ देखा, और एक बार फिर हमारे बीच स्माइल का आदान-प्रदान हुआ, और उसने फट् से अंग्रेज़ी में पूछ लिया "मैं कैसा लग रहा हूँ?"

मैंने फिर से उसकी तरफ़ देखा। उसकी उम्र चौबीस पच्चीस से ज़्यादा नहीं होगी; और इस कहानी को उसकी उम्र से कोई लेना-देना भी नहीं है।

उसके बाल गीले थे। शायद आज परफ्यूम से नहीं, पानी से नहाकर निकला था, जिसकी ख़ुशबू में मेरा दम नहीं घुट रहा था। चेहरे पर उगी सुनहरी दाढ़ी मूँछें, उसे बहुत आकर्षक बना रही थीं, और निश्चित ही आकर्षक दिखने के लिए ही उसने कई दिनों से शेव नहीं किया था, और इससे उसके आकर्षित करने वाले कण जागृत हो गए थे। दारसिटी के नीले समंदर सी उसकी नीली आँखें मुझे बहुत गहरी लग रही थीं। डूबने या तैरकर पार कर जाने से पहले ही कहा, "very attractive."

जवाब में उसने कटरीना कैफ़ वाली हिंदी में शुक्रिया कहा।

हिंदी में शुक्रिया कहकर उसने मुझे चौंका दिया था। कहीं ये भी हिंदी राइटर तो नहीं! सोचकर मुझे मन ही मन हँसी आ गई। हम हिंदी राइटर,

पाठकों पर धौंस जमाने के लिए चाहे जितनी अंग्रेज़ी बोल लें, लेकिन आभार, शुक्रिया कहकर ही व्यक्त करते हैं। शुक्रिया कहना, जैसे हमारे हिंदी राइटर होने का स्टांप होता है।

लेकिन ये हिंदी राइटर नहीं होगा; ये तो किसी विदेशी मूल का है; और कोई भी विदेशी, हिंदी में सबसे पहले नमस्ते और शुक्रिया बोलना सीखता है। इसने भी दार एस सलेम आकर सीख लिया है। दार में तो आधी जनसंख्या भारतीय मूल की है... यहाँ के अफ्रीकन भी आते-जाते हम भारतीयों से 'कैसे हो?' पूछ लेते हैं।

ख़ैर... ग्राउंड फ्लोर आ गया, और मैं लिफ़्ट से बाहर निकल गई। उसे आज भी पार्किंग में जाना था; लिफ्ट बेसमेंट में चली गई।

उस दिन, रात को खाने की टेबल पर मैंने हज़्बैंड से पूछा, "आपको रॉयल ब्लू कलर कैसा लगता है?"

"नील जैसा लगता है।" हज़्बैंड ने मुँह बनाते हुए कहा।

मैं मुस्कुरा दी।

उस दिन सुपर मार्केट में फिर मिल गया। किसी फ़िराक़ के सिलसिले में वो मुझसे बार-बार टकरा रहा था।

मैं किताबें देख रही थी, और वो वाइन। मुझपे नज़र पड़ते ही मेरे पास आ गया।

"तुम्हें किताबें पढ़ने का शौक़ है?"

"हाँ, ख़ास तौर से साहित्य।"

"क्या तुमने अफ्रीकन साहित्य भी पढ़ा है?"

मुझे उसके मुँह से ये सुनकर बहुत अजीब लगा। एक फ़िरंगी, भारतीय से, अफ्रीकन साहित्य पढ़ने की बात कह रहा था।

"अफ्रीकन साहित्य में क्या ख़ास है?"

"क्यूँकि अफ्रीकन साहित्य प्रकृति के साथ जुड़े ज़िन्दगी के अनुभव सुनाते हैं; आदिवासी साहित्य में पूर्वजों के ज्ञान-विज्ञान, कला-कौशल, और इंसानी बेहतरी के अनुभवों का दर्शन मिलता है, जीवन के प्रति ख़ास जिजीविषा दिखती है; इनका बाज़ारवाद से कोई सम्बन्ध नहीं।"

मुझे उसकी बातें रूमानी लग रही थीं। मैंने अफ्रीकन साहित्य की एक किताब उठा ली। वो बस मुस्कुराया था; इस बात से बेख़बर; कि उस वक़्त, मुस्कुराते हुए वो मुझे घोर ज्ञानी लग रहा था। उसके चेहरे से एक तेज़ टपक रहा था, और उसकी नीले रंग की आँखें प्रकाशमय थीं।

अडोल्फ़ जर्मन है, और पेशे से hair dresser है। उसे लगता है, हर रोज़ अलग-अलग हेयर स्टाइल से अलग-अलग दिखा जा सकता है। अक्सर बढ़ती उम्र में छोटे बाल आपकी उम्र कम कर देते हैं।

अब मुझे पक्का यक़ीन हो गया था कि ये राइटर नहीं है। इतिहास गवाह है कि आज तक एक भी बार्बर राइटर नहीं हुआ है।

उसने आगे बताया कि दारसिटी में अपने प्रवास के दौरान उसके जर्मन पिता, एक भारतीय अफ्रीकन के प्रेम में पड़ गये थे, जिसका अंत विवाह के रूप में परिणत होकर हुआ था। उसकी मॉम के ग्रेट ग्रैंड पेरेंट्स गुजरात से माइग्रेट होकर दारसिटी आ गए थे।

अडोल्फ़ को दारसिटी बहुत पसंद है, क्यूँकि उसे समंदर पसंद है; इसलिये अक्सर छुट्टियाँ बिताने यहाँ आता रहता है। उसे ज़िन्दगी में दो चीज़ें बहुत पसंद हैं; एक समंदर, दूसरा एकांत। कई बार वो किसी टापू पर सारा दिन एकांत में बिताकर, शाम ढले वापस आता है। उसे शान्त समन्दर पसंद है; हाई टाइड को वो समंदर का ग़ुस्सा कहता है। उसे यक़ीन है कि समंदर अपने अंदर बहुत से राज़ छुपाए हुए है, और वो राज उसे अपनी ओर बुलाते हैं; इसलिये समंदर और एकांत के अतिरिक्त उसे स्कूबा डाइविंग बहुत पसंद है।

मुझे वो, अजीब लड़की-सा अजीब लग रहा था। उसे समंदर के राज़ बुलाते हैं; मुझे उसकी अजीबियत बुला रही थी। उसकी बातों में समंदर की तरह ही राज़ छुपे थे, जिन्हें, बातों वाली स्कूबा डाइविंग से उसके मन के गुप्त तहख़ाने से बाहर निकाल लेना चाहती थी, जिसे छुपाने की उसकी असमर्थ कोशिशों की उछलन मुझे लुभा रही थी।

मैंने कॉफ़ी के लिये पूछा, क्यूँकि मुझे बातें करते हुए कॉफ़ी पीना बहुत पसंद है; लेकिन उसने सीधे-सीधे शब्दों में मना कर दिया।

उसका कॉफ़ी के लिये मना करना बहुत रूड लगा, और तत्काल मुझे ग़ुस्सा आं गया; लेकिन उसने अपने बास्केट से toblerone देते हुए कहा, "ये तुम्हारे लिये।" और chocolate देखते ही मेरा ग़ुस्सा, फूल पर बैठी तितली की तरह उड़ गया।

हालाँकि मैं भी उसे मना करके ग़ुस्सा जता सकती थी, लेकिन थैंक्स कहकर अपने well behaved होने का प्रमाण देते हुए पूछा, "chocolate क्यूँ?"

"क्यूँकि तुम ग़ुस्से में हो।"

"तुम्हें कैसे पता मैं ग़ुस्से में हूँ?"

वो हँसा था, "तुम ग़ुस्से में कन्फ़्यूज़ लगती हो।"

"और जब मैं कन्फ़्यूज़ लगती हूँ तो chocolate खाना पसंद करती हूँ।" कहते हुए मैं chocolate खाने लगी।

"और chocolate खाते हुए बच्ची बन जाती हो।" उसने मुझे देखते हुए कहा।

"हर इंसान के अंदर एक छोटा बच्चा होता है, जो कभी बड़ा नहीं होता!" मैंने बच्चे जैसे ही आँखें मटकाते हुए कहा।

"हाँ; और chocolate देखकर वो बच्चा बाहर निकल आता है।" उसने हँसते हुए कहा।

मेरे, "हाँ शायद" कहते ही इक्कीसवाँ फ़्लोर आ गया था। लिफ़्ट का ऑटोमैटिक दरवाज़ा खुला, और मैं उसे बाय कहकर निकल गई।

मैं लिफ़्ट से निकल आई थी, लेकिन वो मेरे ज़ेहन से नहीं निकला।

ये किस तरह का शख़्स है! अब तक जितनी बार भी मिला है, हर बार अलग-अलग लगा है... एक साथ कितनी ज़िंदगियाँ जीता है... कहीं multiple personality disorder का शिकार तो नहीं!

मैं एक उपन्यास लिख रही थी, और मुझे एक ऐसे किरदार की तलाश थी, जो कथानक का संपूर्ण ब्रह्मांड हो। लेकिन आजकल जो भी मिलता है, वो क़िश्तों में मिलता है; और जो चीज़ क़िश्तों में मिलती है, वो सम्पूर्ण नहीं होती।

एक शख़्स मिला है, मूकबधिर सा। मैं कहती रहती हूँ, वो सुनता रहता है। मेरे शब्द उसकी चुप्पी को तोड़ नहीं पाते, और इशारों वाली भाषा मुझे आती नहीं।

मैं अपनी तलाश से थक गई थी, इसलिए आजकल youtube पर फ़िल्में देख रही थी। कुछ अलग तरह की फ़िल्में, जो बड़े पर्दे पर नहीं आतीं; जिनकी शूटिंग विदेशी लोकेशन्स पर नहीं हुई होती है, और जिसके किरदार डायलॉग्ज़ नहीं, बल्कि ज़िन्दगी के क़िस्से सुनाते हैं।

इन दिनों मेरा लैपटॉप, छोटा सा थियेटर बन गया है। मुझे हेडफोन लगाकर लैपटॉप पर फ़िल्म देखना ठीक वैसा ही लगता है, जैसे किताब हाथ में लेकर पढ़ना... किरदार से वन टू वन कनेक्शन। और आजकल किरदार से वन टू वन कनेक्शन का नशा हो गया था मुझे। लेकिन जिस तरह बाक़ी का नशा उतरता है, ठीक उसी तरह ये नशा भी उतर गया, और अडोल्फ़, मुझे मेरा वही किरदार लगने लगा, जिसकी मुझे तलाश थी... मेरे उपन्यास का सम्पूर्ण ब्रह्माण्ड।

फिर एक दिन वो मार्केट में दिखा। बहुत तेज़-तेज़ चला आ रहा था। मुझे लगा, शायद मेरी ओर; लेकिन उसने तो मुझे देखकर अनदेखा कर दिया, और मेरी स्माइल बेकार गई।

दुनिया में पुरुषों की कई क़िस्म होती हैं; लेकिन हम महिलाओं की एक ही क़िस्म होती है। जब हमें कोई देखता है, तब problem होती है, और जब कोई नहीं देखता है, problem तब भी होती है। सो मुझे उसके न देखने से प्रॉब्लम हो गई, और मैंने तय कर लिया था, कि अब मैं भी उसे देखकर नहीं देखूँगी... तब पता चलेगा, किसी का अनदेखा करना कैसा लगता है।

उसके बाद जब भी बाहर निकलती; इधर-उधर देखती, कि शायद वो दिख जाये... फिर मैं नज़रें घुमा लूँगी, और हिसाब बराबर।

लेकिन क्या वाक़ई ये सिर्फ़ ग़ुस्सा था? और हिसाब बराबर करने के लिए सुपर मार्केट में मेरी आँखें उसे ढूँढ़ती थीं; और जब वो नहीं दिखता तो निराश हो जातीं।

अक्सर महिलाएँ उन पुरुषों की तरफ़ आसानी से आकर्षित हो जाती हैं, जो उनके जीवन में पहले से मौजूद पुरुष से बेहतर होते हैं। लेकिन फिर मेरा अडोल्फ़ की तरफ़ आकर्षित होना भी अजीब था। *'वो अजीब लड़की'* के जैन साहब की तरह मुझे उसकी 'अजीबियत' आकर्षित कर रही थी।

लैपटॉप ऑन करती, तो डेस्कटॉप पर मेरा उपन्यास, मुझसे क़िस्से माँगता; मेरे इर्द-गिर्द शब्दों का बवण्डर, कहानी को कहीं दूर ले जाना चाहता। लेकिन कीबोर्ड पर उँगलियाँ चलतीं; फिर ठहरकर, जहाँ से चलतीं, वापस वहीं पहुँचकर रुक जातीं।

कॉलबेल की आवाज़ ने चौंकाया नहीं था, बल्कि चिढ़ा दिया था। अभी-अभी ज़ेहन में आये ख़यालों को शब्दों में ढालने की ग़रज़ से लैपटॉप ऑन किया था... जिसे आना था थोड़ी देर पहले आ जाता।

ज़ेहन में ख़याल भी आसमान में बिख़रे बादल की तरह होते हैं; एक

ज़रा से हवा के झोंके से उड़ जाते हैं... सोचते हुए दरवाज़ा खोला, तो सामने अडोल्फ़ खड़ा था। अपनी बेतहाशा बढ़ी हुई दाढ़ी मूँछ में देवदास लग रहा था; लेकिन उसके हाथ में शराब की बोतल नहीं थी, और वो नशे में भी नहीं था।

मुझे देखते ही उसके होंठों पर एक फीकी सी मुस्कान, और आँखों में मद्धम सी चमक तैर गई, जो उसके निराशा की अधूरी कहानी थी, लेकिन मेरी आँखों के सामने मेरा उपन्यास मुकम्मल था।

...सम्मोहन में, अंदर आने को कहा।

लेकिन उसने कहा, अगर मैं कुछ ख़ास नहीं कर रही, तो वो मेरे साथ कहवा में कॉफ़ी पीना चाहता है; वो मुझसे बातें करना चाहता है... असल में उसे कॉफ़ी पीते हुए बातें करना अच्छा लगता है।

कॉफ़ी के लिए मैं भी मना कर सकती थी; लेकिन उसने बातों का लालच दे दिया था।

बातें...! बातों में क़िस्से होते हैं; और क़िस्सों से कहानियाँ बनती हैं।

कॉफ़ी पीते हुए उसने कहा, कि वो मेरे नाम को उच्चरित नहीं कर पा रहा है... क्या वो मुझे किसी और नाम से पुकार सकता है।

मैंने कहा, "नाम में क्या रखा है, तुम्हें जो पसंद हो।"

"नाम में क्या रखा है!" उसने मेरी बात को दुहराया... ख़ैर... मैं तुम्हें Pia पुकारना चाहता हूँ; क्यूँकि संभव है, तुम्हारे नाम का सूक्ष्म स्वरूप हो।"

ये सूक्ष्मतम है; सूक्ष्म तो प्रिया है... वैसे हिंदी में प्रिया और पिया का अर्थ एक ही है, क्या तुम जानते हो?"

"लेकिन अभी तो तुमने कहा, नाम में क्या रखा है।" उसने मेरे चेहरे पर नज़रें गड़ाये हुए, उदासी भरे लहजे में कहा।

मेरे पास कोई जवाब नहीं था, "तुम्हारी सहूलियत के लिये कहा था।"

मैं अपना बचाव करना जानती थी।

"मेरे बारे में सोचने के लिए शुक्रिया मोहतरम; वैसे जर्मन में pia बाइबल के pious से लिया गया है, जिसका अर्थ fromm (pure / holy) होता है।

"और हिंदी में beloved होता है।" मैंने उसे चौंकाते हुए कहा।

"क्या वाक़ई?"

'हाँ।'

"लेकिन तुम मेरी प्रेयसी नहीं हो।" उसने मेरी आँखों में देखते हुए कहा।

एक पल के लिये लगा, जैसे मैं उसकी गहरी नीली आँखों में डूब जाऊँगी; दूसरे ही पल मैंने बात बदल दी।

"क्या ही आश्चर्य की बात है, कि मेरा beloved मुझे agnes (french word) पुकारता है और agnes का अर्थ भी pia (pure/ holy) होता है।"

"तुम फ्रेंच जानती हो?"

"नहीं; भाषाओं में मेरी रुचि कम है; बहुधा शब्द आकर्षित करते हैं।"

कॉफ़ी के साथ फ्रेंच टोस्ट आ गया था।

मैंने कहा, "bon appetite .../ enjoy your food."

उसने मुस्कुरा के देखा बस।

"मुस्कुराते हुए तुम देवदास लग रहे हो।" मैंने उसे कुरेदते हुए कहा।

"मुझे लगा, मैं जीजस क्राइस्ट लग रहा हूँ।"

"नहीं, देवदास लग रहे हो।"

“लेकिन मैं समंदर से प्रेम करता हूँ।”

“प्रेम तो बस प्रेम है; स्वरूप अलग होता है।”

“हाँ सही; लेकिन इंसानी प्रेम का वास्ता शरीर से है, जबकि समंदर से प्रेम का अर्थ गहराई है।”

“प्रेम अगर शारीरिक हो, तो वो प्रेम नहीं वासना है; लेकिन प्रेम में शरीर गहराई का पर्याय है अडोल्फ़।”

“मेरे ग्रैंड फ़ादर भी मुझसे बहुत प्रेम करते थे।”

‘अच्छा।’ मुझे Grand father के प्रेम का ज़िक्र करना अजीब लगा था।

“मैं तुम्हारे लिए कुछ लाया हूँ।” कहते हुए उसने अपनी जेब में हाथ डाला। शायद वो समझ गया था कि मुझे उसके ग्रांड फ़ादर के प्रेम में कोई ख़ास दिलचस्पी नहीं थी।

“ये तो पर्ल है!” मैंने बहुत ख़ुश होकर कहा।

“हाँ, मैं zanzibaar गया था, वहाँ समंदर में मिला।”

“यह तो बहुत क़ीमती है।”

“क़ीमत किसी चीज़ की नहीं होती Pia; क़ीमत वक़्त और इंसान की होती है; क्या ये वक़्त क़ीमती नहीं, जिसमें तुम मेरे साथ कॉफ़ी पी रही हो?”

मैं हतप्रभ होकर बस उसे देखती रही, और वो फिर से बस मुस्कुरा दिया।

“तो तुम्हें समंदर के राज़ ने बुला ही लिया!”

मेरे शब्द ने उसकी चुप्पी तोड़ दी। “क्या तुम किसी दिन मेरे साथ scuba diving पर चलना पसंद करोगी? समंदर के भीतर की दुनिया

बहुत ख़ूबसूरत है।''

''नहीं, मुझे पानी से बहुत डर लगता है।''

वो हँस दिया, ''पानी से डर? पानी तो जीवन है।'' उसे यक़ीन नहीं हो रहा था। आज पहली बार वो खुलकर हँसा था।

मुझे उसका हँसना अच्छा लगता है। मैं मुस्कुराते हुए कहती हूँ, ''हाँ, बचपन से ही... पता नहीं क्यूँ।''

''जब तुम समंदर के क़रीब जाओगी, तब तुम्हारा पानी से डर ख़त्म हो जायेगा; छोटे-छोटे डर को भगाने के लिए बड़े डर का सामना करना पड़ता है।''

क्या बताती मैं उसे, कि अब तो पानी से डर की आदत हो गई है; और मैं समंदर के भीतर जाकर अपनी आदत बदलना नहीं चाहती थी।

और भी ग़म है ज़माने में समंदर की गहराई के सिवा ।

मेरे घर की बाल्कनी से नीचे झाँकने पर स्विमिंग पूल दिखता था। आज झाँका, तो पूल में वो दिखा। पानी में पैर डालकर कुछ पढ़ रहा था। मैं थोड़ी देर तक उसे देखती रही। उसने ऊपर मेरी ओर देखा। शायद उसे आभास हो गया था, कि कोई उसे देख रहा है। एक तो इतनी दूर; ऊपर से बढ़ी हुई घनी दाढ़ी मूँछ के कारण, पता नहीं चला कि वो मुझे देखकर मुस्कुराया या नहीं; लेकिन हाथ ऊपर उठाकर पुकारना स्पष्ट था।

मैंने जर्मन में उसे hello कहा, उसने हिंदी में नमस्ते कहा।

दो अलग-अलग भाषा बोलने वाले; संवाद की सम्भावना को बढ़ाने के लिए एक दूसरे की भाषा सीखने लगते हैं। मैं जर्मन शब्द सीखने लगी थी; उसे तो पहले से टूटी-फूटी हिंदी आती थी।

उसने कहा, कल सपने में समंदर उसके कमरे में आया था; फिर रुक

कर पूछा, ''क्या तुमने कभी बच्चों की कार्टून मूवी doremon देखी है?''

''नहीं, क्यूँ?''

''उसमें doremon एक रोबोटिक cat है; उसके पास कई तरह के गैजेट्स हैं; एक गैजेट तो ऐसा है, कि वो जब चाहे, समंदर को अपने घर बुला सकता है।''

''काश! वो गैजेट मेरे पास होता।'' उसकी आवाज़ में फिर से निराशा थी; बेइंतहा निराशा।

''क्या तुमने समंदर से अलग दुनिया देखने की कोशिश की है?'' मेरा लहजा शायद थोड़ा बेज़ार था, इसलिए उसने पास रखे रेड वाइन का गिलास उठाते हुए कहा, ''समंदर बहुत विशाल है Pia."

मुझे कुछ डूबता सा लगा।

''Red wine पियोगी?'' उसने बात बदलते हुए पूछा था।

''मुझे red wine ख़ून जैसा लगता है; इंसानी ख़ून।'' मैंने तल्ख़ लहजे में कहा।

''इसीलिए तो मुझे पसंद है।'' इस बार उसकी उसकी आवाज़ बहुत तल्ख़ थी।

मैंने उसे अपनी पसंद और नापसंद कभी नहीं बताया; लेकिन जब दो लोग दोस्त बनते हैं, तो एक दूसरे की पसंद, बातों ही बातों में जान लेते हैं; जैसे उसने जान लिया था, कि मुझे कॉफ़ी बहुत पसंद है; इसलिये वो मुझे फ़ूड लवर्ज़ लेकर आया था।

अच्छा; बातों ही बातों में अभी-अभी मैंने उसे दोस्त कहा, तो एक बात जान लीजिये... जिन रिश्तों के नाम नहीं होते, उन्हें दोस्ती का नाम दे दिया जाता है ।

ज़्यादातर लोग, जिन्हें हम दोस्त कहते हैं, वे दोस्त नहीं होते हैं; कुछ

और होते हैं, या कुछ नहीं होते हैं।

ख़ैर... मैं उसके साथ यायावर बनती जा रही थी। घुमक्कड़ प्रवृत्ति की नहीं थी, लेकिन मेरा मन शुरू से बंजारा रहा है; एक जगह टिकता नहीं था; हमेशा से बेहतरी की तलाश में भटकता रहा है। आजकल भी अडोल्फ़ के साथ भटक रही हूँ, क्यूँकि ये कहानी मैं अपनी पिछली कहानियों से बेहतर लिखना चाहती हूँ।

food lovers के गंदे पांड में लाल,पीले, हरे और ब्लू रंग की मछलियाँ देखकर वो मचल गया। "मुझे food lovers की ये रंग बिरंगी मछलियाँ बहुत पसंद हैं।" उसने बच्चों जैसे ख़ुश होकर कहा।

"हाँ, और इसलिये तुम मुझे कॉफ़ी के बहाने से यहाँ ले आये।"

"तुम्हें तो यहाँ कॉफ़ी के लिये लेकर आया हूँ, लेकिन मैं इन मछलियों के लिये आया हूँ।" वो गंदे पानी के पांड में हाथ डालकर बहुत देर तक मछलियों और कछुओं से खेलता रहा। जब भी कोई मछली उसे छू लेती, वो खिलखिलाकर हँसने लगता।

अचानक ही उसने कहा, "ज़रा देखो! कितने गंदे पानी में ये रहते हैं, लेकिन इन्होंने अपना रंग नहीं छोड़ा है; जबकि हम इंसान, गंदगी के साथ जीते हुए कुछ दिनों में ही गंदे हो जाते हैं।"

मैं यहाँ इससे पहले भी कई बार आई थी, लेकिन इन मछलियों के बारे में कभी इतना नहीं सोच पाई थी; हाँ पिक्चर लेकर सोशल मीडिया पर अपलोड ज़रूर कर दिया था।

उसका चेहरा देखने लगी। अडोल्फ़ की सोच, उसे सबसे अलग और बेहतर बनाती थी।

लेकिन उसकी बेहतरी में निराशा भरी अजीबीयत थी; उसकी हँसी में बारिश में भीगी हुई मिट्टी जैसा गीलापन था, और आँखों में नमी।

"मैं भी बहुत गंदा हूँ।"

"तुम गंदे हो?" मुझे आश्चर्य हुआ था।

"हाँ बहुत गंदा; लेकिन तुम इस मछली जैसी हो।" उसने पांड से एक सफ़ेद रंग की मछली को निकालकर मुझे दिखाते हुए जर्मन में कहा "Fromm - Pious - Pia!"

"क्या तुम मुझे अपने गंदे बनने की कहानी सुनाओगे?" मैंने उसकी आँखों में आँखें डालकर संजीदगी से पूछा।

वो थोड़ी देर तक मुझे वैसे ही देखता रहा; फिर मुँह फेरकर कहा, "du wirst mich hassen!"

इंसान जब दिल की गहराई से बोलता है, तब अपनी मातृभाषा में बोलता है। उसने जर्मन में कहा था, "तुम मुझसे नफ़रत करने लगोगी।"

"मैं इतनी आसानी से किसी से नफ़रत नहीं करती।"

"मेरे बुरे बनने की कहानी भी आसान नहीं।"

"मुझे मुश्किलों के साथ रहना अच्छा लगता है।"

"किसी और दिन; यहाँ नही... किसी एकांत में; जहाँ तुम मेरे शब्द में घुले दर्द भी सुन सको।"

"यक़ीन मानो, जिस दिन बोलोगे, उस दिन तुम्हारा दर्द, तुम्हारी आवाज़ से अलग होकर कहीं दूर चला जायेगा।"

कुछ दर्द हमसे दूर नहीं होते; दर्द से हम दूर रहते हैं।"

"मेरा दर्द मेरे साथ जायेगा जानेमन।" खोखली हँसी के साथ उसने अपनी बात ख़त्म की।

मेरी कहानी अपनी रफ़्तार से आगे बढ़ रही थी, और आजकल लगने लगा था, ये जल्द ही पूरी हो जायेगी; कि एक दिन उसने कहा, कल वो जर्मनी जा रहा है। अचानक ऐसा लगा, जैसे किसी ने सबकुछ देकर, फिर

वापस छीन लिया हो, कि इस पर तुम्हारा हक़ नहीं।

मेरा मन कह रहा था उसे रोक लूँ; लेकिन क्या कहकर रोकती...! कोई जहनी वजह नहीं थी।

उसके जाने के बाद फिर से मेरी कहानी अधूरी रह गई, और मैंने ये मान लिया, कि कुछ कहानियों की क़िस्मत में मुकम्मल होना नहीं लिखा होता।

उसे अधूरा ही छोड़, मैं दूसरी कहानी लिखने लगी; मासूम बच्चों की कहानी, उनके अकेलेपन की कहानी। अकेले बच्चे बहुत अकेले होते हैं, और उनका अकेलापन, बहुत मीठे chocolate भी दूर नहीं कर सकते।

बच्चों की कहानी लिखने के लिये आजकल मैं कार्टून मूवी देखने लगी थी... ख़ास कर डोरेमोन; लेकिन उसके पास ऐसा कोई गैजेट नहीं था, जो अडोल्फ़ को वापस बुला सके, और मेरा उपन्यास पूरा करा सके।

इसी बीच डाक से Sidney Sheldon की एक नॉवल मिली। हालाँकि tell me your dream मैं पहले भी दो बार पढ़ चुकी थी, लेकिन पता नहीं इस किताब में ऐसी क्या ख़ास बात है, कि अडोल्फ़ ने मुझे जर्मनी से भेजा... सोचकर फिर से पढ़ने लगी।

मुझसे यहीं कह देता तो मैं ख़रीद लेती; या वो ख़ुद मुझे यहीं दे सकता था; जर्मनी से भेजने का क्या मतलब है। मैंने नॉवल को उलट-पुलटकर कई बार देखा; कुछ ख़ास लिखा हो, जो दो बार मेरी नज़रों से ओझल रहा; लेकिन निराशा हाथ लगी। फिर दिमाग़, नॉवल के नाम पे अटक गया... tell me your dream.

मेरे हज़्बंड ने पहला गिफ़्ट, 'मैंने प्यार किया' मूवी की डी वी डी दी थी, जिसका नाम मात्र ही प्रासंगिक था। तो क्या अडोल्फ़ ने tell me your dream देकर, मुझसे मेरा ड्रीम पूछा है।

नहीं, नहीं; अडोल्फ़ और मेरी मित्रता अभी इतनी गहरी नहीं हुई है, और न ही कभी हमने सपने के बारे में कोई बात की है। असल में, मैं सपने को पूरा करने में बिलीव नहीं करती। मेरा मानना है कि सपने के पीछे मत भागो... सपने बदल लो। अक्सर हम stupid सपने के पीछे भागते रहते हैं, जबकि कोई स्मार्ट सपना हमारे पीछे होता है, और हम उसे नज़रअन्दाज करते हैं।

मैंने भी नॉवल के नाम को नज़रअन्दाज़ करके उसे पढ़ना शुरू किया। शुरू के कुछ पन्नों के बाद ही मुझे Ashley और Adolf एक दूसरे से जुड़े लगे... आपस में connected. कुछ तो था, जो उन दोनों को जोड़े हुए था। जैसे जैसे मैं आगे पढ़ती गई, वैसे-वैसे मुझे अडोल्फ़ का हर बार अलग होना Ashley के MPD (multiple personality disorder) जैसा ही लगा। कभी Toni की तरह हार्स, तो कभी Alette की तरह सौम्य और शांत।

Ashley का बचपन में यौन शोषण हुआ था, और शोषण करने वाले उसके अपने पिता थे, जिसका पता उसे कहानी के अंत में मालूम होता है। एक ओर उसके पिता उसका यौन शोषण करते हैं, तो दूसरी ओर उसकी माँ उससे घृणा करती है। इस घृणा और घृणित प्रेम से उसके अंदर का ग़ुस्सा और विद्रोह Toni के रूप में बाहर निकलता है, जिसे पुरुषों से नफ़रत है। वहीं Alette उसका डरा सहमा और शर्मिंदा रूप है। Alette अक्सर toni के ग़ुस्से को शांत करने की कोशिश करती है।

शायद मैं समझ गई थी, कि अडोल्फ़ ने मुझे ये नॉवल क्यूँ भेजा; लेकिन उसने तो कभी किसी बात का ज़िक्र नहीं किया।

हाँ याद आया; एक बार उसने कहा था, उसके ग्रांड फ़ादर उससे बहुत प्रेम करते थे; और मैंने बहुत ज़्यादा इंट्रेस्ट नहीं लिया था।

मुझे उसकी story of evil का पता चल गया था; लेकिन evil का समंदर से क्या सम्बंध! बहुत सोचने पर भी मैं किसी नतीजे पर नहीं पहुँच पाई।

उसने कहा था, मैं उससे नफ़रत करूँगी; लेकिन जैसा कि आम तौर पर होता है, मुझे उस पर दया आ रही थी।

उस दिन मैं लगभग दो ढाई महीने बाद अकेले ही कॉफ़ी पीने food lovers चली गई। वहाँ के माहौल में एक अजीब सा सुकून मिलता है... एक अलग तरह की शांति है, जिसकी खोज में लोग हिमालय और जंगलों में भटकते हैं।

ऐसी शांति, ऐसा सुकून... एक कप कॉफ़ी; और मेरी उँगलियाँ लैपटॉप के की-बोर्ड पर दौड़ने लगती हैं। कॉफ़ी पीने से अगर मूड अच्छा होता है; तो फ़ूड लवर्ज में बैठकर कॉफ़ी पीने से मूड बहुत अच्छा हो जाता है।

उस वक़्त मेरा मूड भी बहुत अच्छा था, जब अडोल्फ़ ने hello कहा। कोई और दिन या वक़्त होता, तो मुझे बहुत ग़ुस्सा आता; लेकिन जैसा कि मैंने कहा, मेरा मूड बहुत अच्छा था, इसलिए मुझे ज़रा भी ग़ुस्सा नहीं आया।

अंतिम बार मुझे उसपे दया आई थी; और दया जैसी भावना टिकाऊ नहीं होती है; दया वक़्ती होती है।

सच पूछिए तो अब वो मेरे ज़ेहन से निकल चुका था, क्यूँकि मेरी कहानी पूरी हो चुकी थी। आप सोच रहे होंगे, क्या उसका जर्मनी जाना और मेरा उसकी सच्चाई जानना ही कहानी का अंत है, तो आप ग़लत समझ रहे हैं; उस कहानी को मैंने प्रेम कहानी में परिणत कर दिया।

लेकिन कहानी और ज़िन्दगी में बड़ा फ़र्क होता है दोस्तों! कहानी में अंत में सब ठीक हो जाता है; ज़िन्दगी में कुछ ठीक नहीं होता। काश! ज़िन्दगी भी कहानी सी होती; edit करने का आप्शन होता, तो मैं अडोल्फ़ की कहानी से ग्रांड फादर का प्रेम edit out कर देती, और अपनी ज़िन्दगी से उसे; लेकिन वो मेरे सामने बैठा था और बुझे हुए स्वर में पूछ रहा था,

“तुम मुझसे नफ़रत करने लगीं न! “नफ़रत नहीं, I feel pity on you.; मुझे तुमपे तरस आ रहा है।”

“pity क्यूँ?”

मैं अब तक ग़ुस्सा नहीं करने का दिखावा कर रही थी, लेकिन असलियत बाहर आ ही जाती है; और मेरी असलियत बाहर आ गई थी।

“क्यूँकि तुम फट्टू हो, प्राब्लम्ज़ से भागते हो; जानते हो, औरतें भरोसा करती हैं कि पुरुष ही उन्हें प्राब्लम्ज़ से बचायेगा; लेकिन तुमपे कौन भरोसा करेगी? तुम तो बिना बताये भाग जाते हो... भगोड़े कहीं के।”

अगर आप पढ़ते-पढ़ते कहानी में खो गये, और ये भूल गए कि अडोल्फ़ जर्मन है, तो बता दूँ कि उसकी हिंदी vocabulary बहुत छोटी है, जिसमें अधिकांश शब्द औपचारिक हैं। फट्टू और भगोड़े जैसे शब्द मैं यहाँ लिखने के लिये इस्तेमाल कर रही हूँ, जबकि मैंने उसे escapist abscond और coward कहा था।

“तुम अपने आप को प्रॉब्लम तो मत कहो; तुम तो हर समस्या का समाधान हो।” उसने हँसते हुए कहा। मसखरी पर उतर आया था वो।

लेकिन उस वक़्त कॉफ़ी पीने के बावजूद मैं मसखरी के मूड में नहीं थी, “ख़ुद से भागने वाले ही प्रॉब्लम होते हैं।”

“मैं भागता नहीं, डील करता आ रहा हूँ बचपन से; ग्रांड फ़ादर और उनके बिस्तर से; पापा और उनकी नफ़रत से।” ये कहते-कहते उसकी आवाज़ ग़ीली हो गई, और मैं अपराधबोध से भर गई।

“आज इंसानी ख़ून नहीं पियोगे?” मैंने बात बदलने की कोशिश की।

“अब तुम भाग रही हो।” उसने ग़ुस्से से कहा। शायद उसके अंदर की toni जागृत हो गई थी, “मेरी मॉम भी भागती थी; और एक दिन तो मुझे अकेला छोड़कर हमेशा के लिए भाग गई।

क्या विदेशी मॉम भी ऐसी situation को avoid करती हैं! मैं सोचने लगी थी।

"मेरी भारतीय मॉम कभी ज़र्मन नहीं बन पाई, और न मुझे जर्मन बेटा बना पाई।" उसने जैसे मेरे मन की बात सुन ली थी।

उसकी मॉम भारतीय थी; मेरी तरह। दरख़्त कहीं चले जायें, जड़ें जमीन से जुड़ी रहती हैं; और उसकी ज़मीनी मॉम, ऐसी situation को avoid करती थी।

फ़िलहाल, अडोल्फ़ ने avoid किया, "क्या तुमने Azania Lutheran चर्च के बारे में सुना है?"

. "ज्यादा नहीं, बस इतना कि जर्मन मिशनरीज ने बनाया है।"

"हाँ... मैं अक्सर वहाँ कन्फ़ेशन के लिए जाता हूँ।"

मेरा अनुमान है, जब toni कुछ ग़लत करती है, तब Alette कन्फ़ेशन करती है; शायद वो यही कहना चाहता था।

दादी-नानी की कहानी वाली परियाँ अब एंजल बन गई हैं। पहले बच्चे बहल जाते थे, अब अपने दुःख से स्वयं ही लड़ना पड़ता है। अडोल्फ़ अपने दुःख से लड़ रहा था। उसने कहा, मैं एंजल हूँ; मैं छड़ी घुमाकर उसका दर्द दूर नहीं कर सकती; लेकिन जब वो मुझसे बात करता है, उसका दर्द उससे दूर हो जाता है।

गरमी का मौसम अपने आखिरी दिन गिन रहा था, और बारिश के मौसम का आगमन, हल्की-हल्की बूँदों के साथ हुआ था। भीनी-भीनी मिट्टी की ख़ुशबू से घर महक उठा था। अचानक ही मुझे अडोल्फ़ का ख्याल आया। अडोल्फ़ का खयाल आते ही, समंदर की यादों के हाई टाइड में मेरा मन सौतेला हो गया।

मैं slip way की तरफ़ निकल गई। समंदर का इतना ख़ूबसूरत

नज़ारा और कहाँ हो सकता है इस वक़्त! हाँ, ओशन रोड पर नमकीन साँसें, और नारियल पानी लोगों को बहुत भाता है; लेकिन मुझे तो पानी के साथ पानी का कॉम्बिनेशन बहुत अजीब लगता है।

slipway में coffee के साथ मैं तूफ़ानी लहरों को देख रही थी। अडोल्फ़ ठीक कहता है, high tide की लहरें समन्दर का ग़ुस्सा ही हैं। उसपर पानी की बूँदें... ऐसा लग रहा था मानो ये बूँदें समंदर में छेद कर उसके भीतर चली जाएँगी, और समंदर का ग़ुस्सा शांत हो जायेगा; लेकिन उन बूँदों की क़िस्मत में टूटकर बिखरना ही लिखा था।

मैं अपने बिखरे हुए शब्द समेट लेना चाहती थी; अपनी उस कहानी का अंत बदल देना चाहती थी; लेकिन मुझे समझ में नहीं आ रहा था, कि क्या लिखूँ। मेरा लैपटॉप; जिस तरह लेकर आई थी, अब भी उसी तरह टेबल पर मेरे सामने पड़ा, मुझे चिढ़ा रहा था। मेरा मन कर रहा था कि आधे एप्पल को पूरा खा लूँ... कि हुक्का पीती हुई एक लड़की ने मेरे मन के लगाम कस लिए। उसके बाल बहुत लम्बे थे; शायद घुटनों तक लम्बे, जिन्हें उसने chair के बैक के पीछे रखा था, इसलिये मुझे सिर्फ़ उसके बाल ही दिखाई दे रहे थे, जो बहुत घने और सुलझे हुए थे, लेकिन नीचे आते-आते वे बाल उलझने लगे थे; सारी सुलझी हुई सिराएँ आपस में उलझ गई थीं।

बारिश थम गई थी। सुहाने मौसम की हसीन शाम धीरे-धीरे अँधेरे की गिरफ़्त में जाने लगी थी। अँधेरी शाम का कालापन, मेरे काजल की तरह फैल रहा था, कि सामने से अडोल्फ़ आता दिखा।

उसके दिखने से मुझे कोई ख़ास ख़ुशी नहीं हुई, लेकिन वो बहुत ख़ुश दिख रहा था। शायद आज से पहले मैंने उसे इतना ख़ुश कभी नहीं देखा था... और उसकी ख़ुशी देखने के चक्कर में उसने मुझे देख लिया।

“hey! wie geht es dir!” उसने जर्मन में पूछा, कैसी हो? आज

फिर आवाज़ उसके दिल की गहराई से आ रही थी; और दिल की गहराई से इंसान तभी बोलता है, जब या तो वो बहुत दुखी होता है, या बहुत ख़ुश; और अडोल्फ़ बहुत ख़ुश था।

"मैं ठीक हूँ... तुम बेहद ख़ुश लग रहे हो।"

"हाँ, मैं बहुत ख़ुश हूँ; तुम सिर्फ़ ठीक क्यूँ?"

"बस यूँ ही... शायद मेरे बाल बहुत उलझ गये हैं।

"हाँ, समंदर की नमकीन हवाएँ बालों के लिये अच्छी नहीं हैं; देखो मैंने अपनी दाढ़ी की कितनी ख़ूबसूरत चोटी बनाई है।" कहकर उसने अपनी दाढ़ी की चोटी मेरी तरफ़ बढ़ा दी।

मुझे उसकी हरकत पर बहुत हँसी आई, और मैं बेसाख़्ता हँस दी।

"तुम कन्फ़्यूज़ बिलकुल अच्छी नहीं लगती; हमेशा हँसती रहो; तुम्हें पता है न, तुम एंजल हो!" बहुत गम्भीर था वो।

मैंने उसकी बात का कोई जवाब नहीं दिया, बस उठकर खड़ी हो गई। "अब चलना चाहिये।" मेरे पीछे वो भी उठ गया था।

आज सब उलटा था। वो ख़ुश था, और मैं उदास... शायद उसका रोग मुझे लग गया था।

कुछ दिन तक तो बहुत अच्छा लगा। मेरी निराशा, मेरी उदासी; सब... और इस उदासी में मेरी क़लम ख़ूब चली; मैंने क़िस्से से क़िस्से बुन डाले, कहानी दर कहानी लिख डाली; लेकिन उस कहानी का अंत मुझे खाये जा रहा था। न वो बता रहा था, न मैं पूछ रही थी... और इस तरह रोगी बनके जीना भी मुझे ढोंग जैसा लग रहा था।

मैंने तय कर लिया कि आज उस कहानी का ctrl + alt + delete एक साथ। सोचा एक आख़री बार पढ़ लूँ। food lovers में उसने कहा,

वो बहुत गंदा है, और बाहर निकलने पर वहीं बाहर, हाथ से बना एक बहुत तेज़ चाक़ू लिया था उसने।

मैंने कहा, "बहुत शार्प है ये।"

"हाँ, मीट काटने के लिये।" उसने रहस्यमय लापरवाही से कहा।

उस वाक़ये को मैं भूल जाती; अगर आज फिर से इस कहानी को नहीं पढ़ा होता; और यक़ीन मानिये, ये याद आते ही मेरे रोंगटे खड़े हो गये। तो क्या अडोल्फ़ भी Toni की तरह ही castrated और मर्डर करता है? हाँ, ये भी यही करता होगा, तभी उसने कहा था... मीट काटने के लिये।

लेकिन नहीं; अडोल्फ़ के अंदर का टोनी रूड है; और रूड सिर्फ़ बदतमीज होते हैं, ख़ूनी नहीं। लोगों को सही पहचानना भी एक कला है; और इस कला में सभी माहिर भी नहीं होते; मैं भी माहिर नहीं हूँ, लेकिन माहिर से एक पायदान नीचे को आप जो कहते हों, मुझे वही समझ लीजिए!

कई साल सेल्ज़ और मार्केटिंग में काम करने की वजह से मुझे इंसानों की सही पहचान करना और बाजारवाद के नियमों पर खरा उतरना, लगभग माहिर होने तक आ गया था।

फिर भी, चाक़ू और समंदर दोनों अब भी मेरे लिए रहस्य थे। मैंने अडोल्फ़ से कहा, "क्या हम कहीं एकांत में मिल सकते हैं?"

अडोल्फ़ ने कहा, "Gilbert की तरह तुम्हें मुझसे प्यार तो नहीं हो गया?"

(अब ये Gilbert कौन है, ये सोचने से पहले ही आपको बता दूँ; ये 'tell me your dream' वही डॉक्टर है, जो पागलखाने में Ashely का इलाज करते-करते उसके प्रेम में पड़ जाता है।)

"हाँ शायद; कह सकते हो... लेकिन प्रेम को हमेशा प्रेम ही मिले, ये ज़रूरी नही; तुम थोड़ा समय ही दे दो।" मैंने भरमाने की कोशिश की थी।

"नहीं लेखिका साहिबा! प्रेम धोखा है; प्रेम के आवरण में आपको

आपकी कहानी का अंत चाहिये।'' वो अब समझ गया था।

''मैं sea cliff चलने की तैयारी कर रही हूँ।''

''समंदर बहुत ग़ुस्से में होगा।''

''मैं सह लूँगी।''

''लेकिन तुमने कहा, एकांत में मिलना है।''

मैं चुप हो गई। वो समंदर को मुझसे बेहतर जानता था।

उसने कहा, कुछ और मत करो, सिर्फ़ मेरा इंतज़ार करो।

इंतज़ार के पल वैसे भी बहुत असहनीय होते हैं। मैं घर में इधर से उधर टहलते हुए सोच रही थी, बात शुरू कैसे करूँगी? क्या सीधा-सीधा पूछ लूँ, या घुमा-फिराकर शब्दों के जाल बुनूँ? लेकिन अगर वो उस जाल में उलझकर रह गया तो फिर!?

मैं कोई मछुआरा तो नहीं।

अभी मैं सोच भी नहीं पाई थी, कि उसका बुलावा आ गया।

वो बहुत बड़ी जीप लेकर आया था; लैंड क्रूज़र की V8, जो उसकी पर्सनैलिटी से बिलकुल मैच नहीं कर रही थी।

मैंने उसके चेहरे की तरफ़ देखा। वो बहुत ख़ुश था। ये ख़ुशी मेरे साथ की वजह से बिलकुल नहीं थी, बल्कि जब से वो जर्मनी से आया है, तब से इतना ही ख़ुश है। शायद अपने अंदर के टोनी को दफनाकर आया है, या किसी Allette के दिल में घर कर लिया है।

उसने अपनी जीप slip way के पास खड़ी कर दी।

''यहाँ बहुत धूप होगी अभी, और मुझे टैनिंग हो जायेगी।'' मैंने दुखी होकर कहा था।

''don't worry! मैं सन प्रूफ अम्ब्रेला लेकर आया हूँ; वैसे भी हम

Bongoyo island चलेंगे।

Bongoyo का नाम सुनकर मैं दुखी नहीं हुई थी, बल्कि डर गई थी। आज weekday में तो एकदम सुनसान होगा वो; और अभी तक ये भी कन्फ़र्म नहीं हुआ है, कि टोनी सिर्फ़ रूड है या ख़ूनी; इसलिये तो मैंने थोड़ी भीड़-भाड़ वाली जगह चुनी थी... लेकिन मैंने एकांत शब्द का इस्तेमाल करके शायद ग़लती कर दी थी।

मैंने अभी ख़ुद को कोसना बंद भी नहीं किया था, कि उसने जर्मन में कहा "dank fur das Vertrauen ich." सच पूछिए तो उस वक़्त उसका जर्मन में बोलना बहुत नागवार गुज़रा। मैंने ग़ुस्से में पूछा, 'what?'

"मुझपे यक़ीन करने के लिए शुक्रिया।" बहुत ही शान्त लहजे में स्माइल के साथ कहा उसने।

मेरा ग़ुस्सा अचानक शर्म में तब्दील हो गया। एक पल के लिए मुझे ख़ुद से जैसे घृणा हो गयी; और इस शर्म और घृणा वाली स्थिति के मिले जुले भाव में 'yea' के सिवा कुछ और नहीं बोल पाई, क्यूँकि मैं जानती थी, अगर कुछ ज़्यादा बोला, तो वो मेरे मन के भाव समझ जायेगा।

ख़ैर... इस बार उसने अपनी पर्सनालिटी से मैच करती हुई बोट ली, जबकि मुझे डर लग रहा था, और वो समझ गया।

"डरो नहीं, मैं यही हूँ... समंदर इतना निर्दय नहीं।"

फिर भी मेरे चेहरे पर डर का पीला रंग उभर गया था; तब दूसरे कोने पर बैठे-बैठे ही उसने मेरा हाथ पकड़ लिया।

"मैं तुम्हें साँप केकड़े को खाने नहीं दूँगा, डरो नहीं।"

मुझे हँसी और ग़ुस्सा एक साथ आया था। "मुझे अगर कुछ हुआ, तो तुम्हें पाप चढ़ेगा।"

"मैं Lutheran चर्च में confess कर लूँगा।" उसने ज़ोर से हँसते हुआ कहा।

इस बार मुझे सिर्फ़ हँसी आई, ग़ुस्सा नहीं।

हम bongoyo island पर पहुँच गये थे। आसपास क्या, दूर-दूर तक कोई नहीं था। सामने शांत समंदर पड़ा हुआ था। हाँ, पड़ा हुआ ही था। हलचल विहीन समंदर पड़ा हुआ ही मालूम होता है; ठीक वैसे ही, जैसे सोया हुआ कुत्ता, मरा हुआ लगता है।

एक तो मेरा आशंकित मन; ऊपर से मरघट सा माहौल; मेरा दम घुटने लगा था।

लेकिन वो पूरी तैयारी करके आया था। उसने ice बास्केट से ठंढी कॉफ़ी निकाली। ठंढे माहौल में ठंढी कॉफ़ी... लेकिन अगर कॉफ़ी गर्म होती तो, शायद उमस बढ़ जाती, और सचमुच ही मेरा दम घुट जाता।

पहली सिप लेते ही अचानक से मौसम बदल गया। शायद बदला तो मन का मौसम था, लेकिन उसका असर बाहरी मौसम पर भी दिखने लगा था।

सब सुहाना हो गया था। ठंढी कॉफ़ी, शांत समंदर, और चुपचाप हम। मैंने ख़ामोशी को, समंदर में एक कंकड़ फेंककर तोड़ दिया। उसने रोका, ‘‘समंदर अभी सो रहा है; और किसी की नींद ख़राब करना ठीक नहीं।’’

‘‘अगर तुमने अंत नहीं बताया, तो मैं सो जाऊँगी; फिर तुम मुझे भी मत जगाना... हाई टाइड आये तो डूब जाने देना।’’

‘‘ये अंत नहीं है।’’

‘‘तो फिर अंत क्या है?’’

एक बात बताओ; क्या अंत ज़रूरी है? और अगर ज़रूरी है तो भला वो अंत क्यूँ नहीं, जो तुम तय करो?’’

‘‘मुझमें इतना साहस नहीं।’’ मैंने संक्षिप्त सा उत्तर दिया।

‘‘हाँ, क्यूँकि तुम सच से भागती हो।’’

“मैं भागती नहीं, डरती हूँ; कुछ अंत बहुत भयानक होते हैं।

“उस त्रासदी जैसा भयानक तो नहीं, जो पूरी कहानी झेलती है।” उसकी डूबी हुई आवाज़ मुझे अंदर तक डुबा गयी।

मैंने उसकी आँखों में देखा था। उनमें समंदर का पानी उतर आया था। आज उसने चेहरा नहीं घुमाया। उसकी आँखों के समंदर की लहरें उठकर मेरी आँखों में भी आ गयीं।

उसने मेरी आँखों की कोर का आँसू अपनी उँगली में लेकर कहा, “इन्हें जाया मत करो; बहुत क़ीमती हैं ये।”

“ये मेरे नहीं हैं; तुम्हारी आँखों में जो समंदर है, उसके छींटे हैं।”

“तुम्हें मैं हमेशा ही क़ीमती सौग़ात देता हूँ।”

“क़ीमत तो उसकी होती है, जिसके बदले हमें कुछ देना पड़ता है; और मैंने तुम्हें आज तक कुछ दिया ही नहीं।”

“तुम मुझे सुकून देती हो; हमेशा ही।

“मैं तो ख़ुद ही बेचैन हूँ।”

“क्यूँकि तुम दूसरों की बेचैनी को आत्मसात कर लेती हो।”

“और मैं ऐसा कैसे कर पाती हूँ।”

“वो इसलिये, क्यूँकि तुम Fromm हो; तुम्हें Jesus ने भेजा है।”

“मैं क्रॉस पर नहीं मरना चाहती।”

“लेकिन जब से तुम मिली हो, मैं चर्च नहीं गया हूँ।”

“क्यूँकि तुमने शायद कोई पाप नहीं किया होगा।”

“पाप तो मैं हर रोज़ करता हूँ... तुम्हें अपनी बेचैनी देकर।”

अब एक बार फिर मैं और वो चुप।

हवा तेज़ हो रही थी। समंदर की छोटी-छोटी लहरें किनारे से मिलकर फिर वापस लौट रही थीं; समंदर ने अँगड़ाई ली थी।

मेरे Grand father अक्सर मुझे कैंडी या कुकीज़ देकर गोद में बिठा लेते थे... मुझे कैंडी से घिन आने लगी। Grand father ने कहा, बच्चों को ये सब बहुत पसंद आता है; मैं बीमार हो गया हूँ... रात में जब सब सो जायेंगे... तब वे मुझे ठीक कर देंगे।

बिस्तर पर, मेरे ऊपर बैठकर वो मेरा इलाज करते थे। मुझे दर्द होता था। मॉम ने कहा, मुझे किसी से नहीं कहना चाहिये। मॉम मुझे अपने साथ सुलाने लगीं, और डैड मुझसे नफ़रत करने लगे।

उस दिन मॉम ने कहा, वो अकेला नहीं छोड़ना चाहती है, लेकिन उसे जाना होगा, क्यूँकि Jesus बुला रहे हैं। Jesus को मॉम की ज़रूरत थी... मुझसे ज़्यादा; और एक दिन डैड अपनी ज़रूरत के लिए दूसरी मॉम ले आये।

अडोल्फ़ बच्चों की तरह रोने लगा था। मैं उसे चुप नहीं कराना चाहती थी। अगर वो चुप हो गया, तो फिर ये ख़ामोशी हमेशा के लिए ख़ामोश हो जायेगी।

'फिर?' मैं आगे सुनना चाहती थी।

"मैं उन दिनों tell me your dream पढ़ रहा था। university में छुट्टियाँ चल रही थीं। मैं घर आया था। मेरी स्टेप मॉम किचन में पैन केक बना रही थी। मेरा छोटा भाई, Grand father की गोद में था, और वे उसे कैंडी खिला रहे थे।

उसी वक़्त मेरे अंदर टोनी का जन्म हुआ। alette टोनी को समझाता रहा, लेकिन टोनी पर तो जैसे ख़ून सवार था। उस रात जब सारे सो गये; टोनी उठा, और उसने Grand father को desex कर दिया।

"और फिर टोनी की तरह मर्डर..." मैंने डरते हुए पूछा।

“नही, ich wolte, dass er leidet.” उसने जर्मन में कहा था। उसकी आवाज़ उत्तेजना से भरी हुई थी, वो आवेशित था। फिर उसने कहा, “ मैं उसे दुःख भोगते हुए देखना चाहता था।”

“लेकिन तुम भी तो दर्द सह रहे हो।”

“हाँ, लेकिन उस दुःख से बेहतर है, जो पहले सहे; और इस दर्द में एक सुख है... saviour बनने का सुख; I saved my brother.”

लहरें तेज़ होने लगी थीं, समंदर धीरे-धीरे बड़ा होता जा रहा था; शायद जाग गया था। मुझे डर लगने लगा था। मेरा डर समंदर से ज़्यादा विशाल हो रहा था। साँप की तरह फ़न फैलाये वो पास आता जा रहा था, और मेरा डर काला होता जा रहा था, और मैं जड़ हो गई थी।

मैं कुछ कहती, इससे पहले ही उसने मेरा हाथ पकड़कर कहा, “चलो; मैं तुम्हें साँप का ग्रास नहीं बनने दूँगा।”

मैं जैसे नींद से जागी थी, ‘क्या?’

“तुम क्या वाक़ई सो गई थी?”

“नहीं; अब मैं बेचैन नहीं।”

“तुम्हारी कहानी का अंत मिल गया तुम्हें?”

“हाँ, शायद।”

“लेकिन तुम वो लिखना, जो तुम्हें ख़ुशी दे।”

“मुझे ख़ुशी इस बात की है, कि अब तुम आज़ाद हो।”

“वो चाक़ू मैंने इसी समंदर में फेंका था।”

“क्या वाक़ई!”

“हाँ; मेरी नई मॉम उसी से सब्जियाँ काटती थी; और मैं जब भी खाना खाता, मुझे उल्टी आती थी; इस बार मैं नई मॉम को नई चाक़ू देकर, जर्मनी

से वो चाक़ू ले आया था, समंदर में दफ्न करने के लिये।

छोटी सी बोट हिचकोले खा रही थी। मैं एक बार फिर से डर गई। उसने दोनों हाथों से मेरे हाथ थाम लिये थे। उसके हाथ बहुत मुलायम थे। इन्हीं नाज़ुक हाथों से उसने चाक़ू थामा होगा। मैंने उसके हाथ कसके पकड़ लिए। वो शायद समझ गया था। उसने मुझे एक स्माइल दी।

बोट किनारे पर पहुँच गई।

उसने अपने वॉलेट से एक तस्वीर निकालकर देते हुए कहा, ''मेरी फेमिली।''

उस तस्वीर में अडोल्फ़ के साथ एक बुज़ुर्ग महिला, और एक जवान लड़का था। मैं समझ गई कि अडोल्फ़, तस्वीर में अपनी नई मॉम और भाई के साथ था।

''तुमने भाई को देखा?''

''हाँ देखा; तुम अपनी मॉम पर गये हो शायद।''

उसने तुरंत ही एक और तस्वीर मुझे दी, ''ये मेरी मॉम और मेरे पिता की है।''

''तुम अलग हो; सबसे अलग।''

''हाँ, मैं अलग हूँ; क्यूँकि मैंने दुःख सहे हैं... लेकिन अपने भाई को बचा लिया।''

''हाँ; तुम्हारा दर्द ही उसकी दवा बना।''

''लेकिन अब मैं दुःख से आज़ाद हो गया हूँ।''

"because you had been sent to save me out of grave (क्यूँकि Jesus ने मुझे नर्क से निकालने के लिये तुम्हें भेज दिया)।

मैं उसकी आँखों में देखना चाहती थी; लेकिन उसकी नज़रें रास्ते पर थी। शायद कहानी का अंत वो नहीं था, जिसके लिये मैं बेचैन थी।

"तुम्हारे पिता नहीं हैं फेमिली पिक्चर में!"

"वो अब इस दुनिया में नहीं।"

"मुझे दुःख है।"

"मुझे नहीं; क्यूँकि अब हम हैप्पी फेमिली हैं।"

"बधाई हो।"

'शुक्रिया।' हिंदी में कहा उसने।

"vergnugen" मैंने जर्मन में, 'मुझे ख़ुशी हुई', कहा।

मैंने कहानी का अंत बदल दिया। मैंने वैसा ही लिखा, जैसा घटा था। अगर वाक़ई में अंत ऐसा हो, तो अंत ही बेहतर है... कुछ कहानियों के अंत ख़ूबसूरत होते हैं।

"लास्ट कॉफ़ी?" अंतिम बार कहवा में कॉफ़ी का पहला सिप लेते हुए उसने पूछा था।

"हाँ लास्ट; शायद।"

"क्या तुम कभी जर्मनी नहीं आओगी?"

"आऊँगी भी तो तुम्हें कहाँ ढूँढूँगी; तुम तो दार आओगे न?"

"हाँ; लेकिन क्या तब भी तुम यहीं मिलोगी?"

"हाँ; शायद; नहीं भी... जानते हो न, ज़िन्दगी बंजारों सी है।

"भटककर कहीं दूर निकल जाओ, तो रुककर पीछे देखना; जो पीछे छूट जाता है न, वही ज़िन्दगी है।" वो फ़िलॉसॉफ़िकल हो रहा था।

"जो पीछे छूट जाता है, वो यादें होती हैं; और यादों को जिया जा सकता है, यादों में लौटा नहीं जा सकता है।" मैंने उसी के लहजे में जवाब दिया।

5

वी टी स्टेशन पर एक रात

नींद से मेरी आँखें दुख रही थीं, लेकिन मैं सो नहीं पा रही थी; जबकि मेरे इर्द-गिर्द सारे लोग सो रहे थे।

आधी रात को नींद की इस महामारी से सिर्फ मैं और नरेन ही अछूते थे; बाकी सारे लोग नींद के गहरे नशे में बेहोश पड़े; बेफिक्र, बेपरवाह सो रहे थे।

कुछ आदत के मारे, बार-बार करवट बदल रहे थे, तो कुछ लोग अपने इकलौते बैग को इतनी जोर से जकड़कर सो रहे थे, मानो वह बैग नहीं, उनकी ज़िंदगी हो।

लेकिन वो बैग ही थे; क्योंकि हम ज़िन्दगी को जकड़ नहीं सकते।

ख़ैर... न अखबार-मैगजीन बेचने वालों की आवाज़ें, न उसके लिए किसी यात्री की ठंढी पुकार... ठंढा और चिप्स बेचने वालों की आवाज़ भी नहीं, और न ही चिप्स के लिए किसी बच्चे के रोने की आवाज़, और न ही

उसकी माँ के डाँटने की आवाज़, जो हमेशा ही मुझे परेशान किया करती थी... पर आज कितना सुकून है।

आमतौर पर एक व्यस्त रेलवे स्टेशन पर इस सुकून के लिए इन्सान तरस जाता है; हालाँकि रेलवे स्टेशन पर कोई सुकून तलाशने भी नहीं आता है। हर इन्सान अपने हिस्से की अलग-अलग भाग-दौड़ लेकर आता है, और फिर एक आम-सी भीड़ का हिस्सा बनकर रह जाता है।

कुछ घंटे पहले मैं भी इसी भीड़ का एक हिस्सा थी, और अब भी हूँ; फर्क सिर्फ इतना है कि हर आनेवाली ट्रेन के साथ भीड़ छोटी होती चली गयी, और जो बची रही, वह आराम से सो रही है, लेकिन मैं जाग रही हूँ।

सोये हुए लोगों में ज्यादातर वे हैं, जिनकी सुबह रोज इसी स्टेशन पर होती और उन्हें कहीं जाना भी नहीं होता है; बेशक, पेट की आग शांत करने के चक्कर में वो सारा दिन इधर-उधर भटकते हैं, लेकिन रात को लौटकर यहीं आ जाते हैं।

ये स्टेशन ही उनका घर है, और उनके जैसे दूसरे, उनका परिवार। हालाँकि ये एक-दूसरे का इंतजार नहीं करते हैं, और न ही देर होने पर परेशान होते हैं।

चार रुपये का अखबार, जो एक घंटे बाद बासी हो जाता है, अभी इस वक्त स्टेशन पर मौजूद आधे से ज्यादा लोगों का बिस्तर बन चुका है।

जिस बिस्तर पर जोड़े हैं, वे एक-दूसरे की ओर पीठ किये सो रहे हैं, मानो उनके बीच अभी-अभी किसी वाकयुद्ध पर पूर्णविराम लगकर शीत युद्ध का आह्वान हुआ हो। औरतें अपने बदन को सिकोड़कर, अपनी साड़ी के पल्लू से अपने चेहरे को आधा ढँककर सो रही हैं, जबकि पुरुष अपनी बाँह को मोड़, उसे तकिया बनाकर सो रहे हैं... यह वही तकिया है; जो घर के कमरे में पत्नी का होता है।

तरह-तरह के खर्राटों की गूँज डरावनी लग रही थी। नींद में बेसुध वी टी स्टेशन में अगर बीच-बीच में ट्रेन के आने-जाने से हलचल नहीं होती,

तो निश्चित ही डर के मारे मेरा हार्ट फेल हो जाता।

सोये हुए मुसाफ़िरों ने अपने मोबाइल में अलार्म लगा रखा है, समय पर उठ जायेंगे। पुरुषों ने मोबाइल, स्ट्रिंग से बाँधकर गले में पहना हुआ है, और अभी सुरक्षा के ख़याल से मोबाइल शर्ट के अंदर है, जो बाहर से दिखाई नहीं देता है। औरतों ने अपने ब्लाउज में छिपा रखा है; ये वो सुरक्षित स्थान है, जहाँ किसी और के हाथ लगाते ही उनकी समस्त चेतना जागृत हो जाती है।

अलग-अलग मोबाइल में अलग-अलग धार्मिक संगीत का अलार्म। जिसके मोबाइल का अलार्म बज रहा था, वही उठ रहा था... उसकी आवाज से कोई दूसरा नहीं।

जिसकी ट्रेन लेट थी, वो नींद की अर्धचेतन अवस्था में भी अपने कान को रेलवे अनाउंसमेंट पर लगाये हुए था। जब किसी ट्रेन के आने का एनाउंसमेंट होता, तो फैली हुई शांति, हलचल में तब्दील हो जाती; और जब ट्रेन आकर चली जाती, तो पुनः मरणासन्न टाइप का सन्नाटा पसर जाता, और इसी सन्नाटे में नींद मेरी आँखों में हिलोरे लेने लगती, और सपनों की छोटी-छोटी कश्तियाँ, नींद के समंदर में हिचकोले खाने के लिए आतुर हो जातीं।

रात का दूसरा पहर। जहाँ कुछ घण्टे पहले तक सिर्फ पैर फैलाने के लिए उपयुक्त जगह नहीं मिल रही थी, वहाँ नींद को मोटे गद्दे और कोमल रुई वाले तकिये की तलाश थी। स्टेशन पर बैठने की कुर्सीनुमा जगह पर बैठे-बैठे जैसे ही नींद, सपने की फ़िराक में निकलती, वैसे ही गरदन सीने पर लटक जाती, और सपने की एक छोटी कश्ती डूब जाती, फिर कभी नहीं दिखने के लिए।

पता नहीं मेरी आँखों का सपनों के साथ कैसा रिश्ता है; आँख लगते ही पलकों के भीतर छुपे सपने चलने लगते हैं। नरेन कहते हैं, ये आँखें नहीं

सपनों का खजाना हैं... अजीब-अजीब से सपने, जिनके अर्थ, गूगल का मैग्निफाइंग ग्लास भी नहीं ढूँढ़ पाता है।

बैठे-बैठे मैं थक गयी थी। मजिस्ट्रेट के ऑफिस की ओर देखते हुए खड़ी हो गयी थी।

नरेन ने टोका, "अभी थोड़ी देर पहले तो गयी थी।"

अब वह तो आकर कुछ बतायेगा नहीं; इसी बहाने से मैं जरा अपनी कमर सीधी कर लूँ।

"सर! कुछ हुआ?"

"नहीं मैडम, अभी तक तो नहीं, आगे देखिए।"

"फिर कितनी देर में आऊँ?"

"आप बार-बार मत आइए मैडम; कुछ इंतजाम होगा तो मेरा स्टॉफ आपको इन्फॉर्म कर देगा।"

"जी शुक्रिया।"

थके मन से वापस आते हुए सोच रही थी, कितना अच्छा होता अगर पैसे बचाने की खातिर मैंने अपना लाला जी वाला दिमाग नहीं लगाया होता। लेकिन, बात सिर्फ पैसे की नहीं थी, बात आराम की भी तो थी। वह आराम मुझे फ्लाइट में सफर करके नहीं मिलता है। एक तो इतनी महँगी टिकट; दूसरे राँची तक की ही। उसके आगे तीन साढ़े तीन घंटे तक कमर तुड़वाते हुए जमशेदपुर पहुँचो; इससे अच्छी तो ट्रेन है कि एक बार बैठो और आराम से सोते जागते घर पहुँचो।

मेरी इस दलील से नरेन भी convince हो गये थे। और अब अपनी उसी दलील पर कोफ्त हो रही थी; ऊपर से एक कप चाय के लिए मन तरस

रहा था।

चाय नहीं तो कम-से-कम एक कॉफ़ी ही मिल जाती; इतनी स्ट्रांग कि पीते ही नींद कपूर की तरह उड़ जाती। लेकिन अब बहुत देर हो चुकी थी, सारी दुकानें बंद हो गयी थीं, और बंद दुकानों के गिरे हुए शटर को देखकर चाय/कॉफी कुछ भी... हाँ उस वक्त कुछ भी, की इच्छा और प्रबल होती जा रही थी।

"स्टेशन पर पहुँचने के कुछ देर बाद ही मेरा मन चाय पीने का हुआ था, लेकिन सोचा पहले टिकट मिल जाये, तब निश्चिंत होकर पिऊँगी। लेकिन टिकट तो अब तक नहीं मिली; और अब उमस भरी आधी रात को चाय भी मिलने से रही..." बोलते हुए मेरी आवाज़ रुआँसी हो गयी थी।

नरेन को शायद मुझपे दया आ गयी। वे चाय लेने बाहर चले गये। मैं भी साथ में जाना चाहती थी, लेकिन नींद से भारी बदन, एक कदम भी चलने में असमर्थता महसूस कर रहा था, इसलिए मैंने वहीं बैठकर इंतजार करने का निर्णय लिया।

एक तो मैं पहले से ही डरपोक किस्म की; दूसरा, थोड़ी ही दूर पर खड़े दो तीन मवाली टाइप लड़कों का ग्रुप और उनकी हँसी-ठिठोली मुझे संदेहास्पद लग रही थी... मेरी तो जैसे जान ही गले में अटकी थी। नींद से मुँदती आँखों को जबरन और ज्यादा फैलाकर मैंने उन लड़कों पर अपनी नज़रें गड़ा दीं।

हाईवे पर दौड़ती ट्रक्स के पीछे लिखे संदेश, *'नज़र हटी दुर्घटना घटी'*, बार-बार याद आ रहा था।

वे सब मुझसे ज़्यादा दूर नहीं थे। सबके हाथ में मोबाइल थे, जिनके स्क्रीन की नीली रोशनी उनके चेहरों पर पड़ रही थी। वे शायद एक दूसरे को अपने sms सुना रहे थे, या मेरी आँख लगने का इंतज़ार कर रहे थे... मैं एक बार फिर से डर गई।

शायद झपकी आ जाये, इसलिए सामने, दो छोटे-छोटे पहियों पर खड़े अपने बैग पर पैरों को रख, गहने से भरे हैंडबैग को अपनी बाँहों में दोनों हाथों से दबाकर रखा था। मन ही मन खुद को डाँट लगाने लगी थी, कि क्या जरूरत थी इतने सारे गहने लेने की? नयी-नयी शादी का इतना भी क्या जोश? मंदिर में कोई किसी को देखता है क्या? अगर ये लड़के हैंडबैग छीनकर भाग जायें तो...

मैं क्या करूँगी; चिल्लाने का भी कोई फायदा नहीं होगा। ये लड़के स्टेशन के किसी कोने में छुप जायेंगे।

अभी मेरी सोच बहुत दूर गयी भी नहीं थी कि नरेन आते दिखे; दो बड़े-बड़े कोल्ड ड्रिंक पीने वाले गिलास में भर-भर कर चाय लाते हुए... और मैंने चैन की साँस ली।

शिरडी से लौटते हुए, पुणे से राँची के लिए हमें डायरेक्ट फ्लाइट मिल रही थी, लेकिन आदतन पैसे बचाने के चक्कर में मैंने नरेन को मुंबई से ट्रेन से चलने के लिए मना लिया।

"टिकट तो स्टेशन पर मौजूद किसी-न-किसी एजेंट से उपलब्ध हो ही जायेगी।"

"लेकिन अभी फेस्टिव सीजन में कोई उम्मीद मत पालो।" नरेन ने समझाने की कोशिश की थी।

"अरे मैं स्मार्ट हूँ; याद है उस दिन कैसे मैंने पीवीआर में मूवी की अपनी टिकट किसी और को बेच दी थी।"

"टिकट बेचने और खरीदने में फर्क है... सोच लो।" कहते हुए नरेन ने तत्काल मेरे आत्ममुग्ध भाव पर ब्रेक लगा दी थी।

"ऐसा कुछ नहीं है; जब मैं टिकट लेने जाऊँगी न, तो एजेंट सबको छोड़ पहले मुझे दे देगा... मैं इतना मस्का लगाकर बोलूँगी, कि वो फिसले

बिना नहीं रह सकेगा।"

नरेन की मुस्कुराहट ही उनकी हामी थी।

लेकिन, मस्का और शक्कर सब बेकार गया। एक भी टिकट अवेलेबल नहीं थी; और जुगाड़ करते-करते आखिरी फ्लाइट का टाइम भी निकल गया।

आधी रात को मजिस्ट्रेट के ऑफ़िस से एक स्टॉफ़ हमारी तरफ़ आया।

"मैडम! साहब बुला रहे हैं।"

"जी, चलिए।" कहते हुए मैं उसके पीछे-पीछे मजिस्ट्रेट के ऑफ़िस पहुँची।

"आइए मैडम; काफ़ी देर से आपको परेशान देख रहा हूँ... एक तो अकेली औरत, ऊपर से मुंबई शहर... ख़ैर, एक टिकट का इंतज़ाम हो गया है, सुबह छह बजे यहाँ से गीतांजलि एक्सप्रेस है, उसमें साइड लोअर की एक बर्थ है।" कहते हुए मजिस्ट्रेट ने अपनी बात ख़त्म की।

"एक सीट ?" मैंने आश्चर्य से पूछा था।

"जी, आप तो अकेली हैं न!"

"मेरे हज़्बंड साथ हैं।"

"दिखाई नहीं दिये; ख़ैर साइड लोअर है, दोनों आराम से बैठकर जा सकते हैं।"

झेंप गई थी मैं। मैं तो शुरू से ही आदतन अपने महिला होने का फ़ायदा उठाना चाहती थी; और इसी बात का हवाला देकर नरेन को टिकट खिड़की पर आने से रोका था।

"मैडम, न दूसरी ट्रेन मिलेगी न दूसरा टिकट; एक का तो जैसे-तैसे

जुगाड़ किया है; वो भी आपके लिए, क्यूँकि आप हमारे तरफ़ की हैं।''

''जी बहुत बहुत शुक्रिया... दे दीजिये; एसी में तो बैठकर भी जाया जा सकता है।

''एसी! किसने कहा आपसे? टिकट स्लीपर का है मैडम।''

''ओह! फिर तो रहने दीजिये; स्लीपर की तो दो टिकिट भी नहीं चाहिए।'' कहकर वापस आ गई।

इंटरनेट से चेक किया तो पता चला, सुबह साढ़े छह बजे मुंबई से राँची की फ्लाइट है। अब सुबह होने के इंतजार के अलावा हमारे पास कोई और चारा भी नहीं था; लेकिन यह इंतजार और भी मुश्किल तब हो गया, जब प्राकृतिक जरूरत बैठने भी नहीं दे रही थी। चारों ओर नज़र घुमाई, तो पब्लिक टॉयलेट दिखा। दौड़कर गयी, लेकिन दरवाजा खोलते ही एक तीक्ष्ण दुर्गंध का भभका, नाक और मुँह के रास्ते फेफड़े में घुस गया। एक पल को तो ऐसा लगा जैसे किसी ने गले में एसिड की बोतल उड़ेल दी हो।

मैं उलटे पाँव भाग आयी। मुझे खुद से, मेरे कपड़ों से, वही दुर्गंध आ रही थी। मैंने नरेन से कई बार पूछा, क्या तुम्हें भी मुझसे कोई बदबू आ रही है? हालाँकि उसने मना कर दिया, लेकिन मेरा दिमाग उस दुर्गंधित वातावरण से उबर नहीं पा रहा था।

मेरी हालत बद से बदतर होती जा रही थी। कंट्रोल करना बहुत ही मुश्किल हो रहा था। न बैठा जा रहा था, और न मैं खड़ी ही रह पा रही थी। लगातार चहलकदमी किये जा रही थी। ठीक उसी वक्त, ऊपर एसी वेटिंग रूम के दरवाजे पर जलती हुई बत्ती दिखी। उस जली हुई बत्ती को देख मेरे दिमाग की भी बत्ती जल गयी थी।

''लेकिन हमारे पास एसी क्या, स्लीपर का भी टिकट नहीं है; हम

वेटिंग रूम में कैसे जा सकते हैं?'' नरेन ने याद दिलाया तो मेरे दिमाग़ की बत्ती फट् से फ्यूज हो गयी।

''फिर भी कोशिश करके देखती हूँ, क्या पता किसी को मेरी हालत पर दया आ जाये... आखिर औरत हूँ, किसी न किसी को तरस आ ही जायेगा।''

''जैसे मैजिस्ट्रेट को आ गया था; कर लो ट्राई।'' नरेन ने सहमति देते हुए समान उठा लिया, ''तुम आगे चलो मैं पीछे से आता हूँ।''

मैं उम्मीद वाली स्फूर्ति के साथ सीढ़ियाँ चढ़कर फौरन ऊपर पहुँच गयी। मुझे देखते ही वहाँ मौजूद महिला स्टाफ ने खास मुंबइया अंदाज में मुझसे पूछताछ शुरू की।

''इधर कैसा आया?''

''मैंने कहा, एसी रिटायरिंग रूम में जाना है।''

''टिकट किधर है?''

''टिकट तो नहीं है।''

''फिर एसी कमरे में कैसे जायेगी?''

मैंने कहा, ''देखिए, मेरी हालत सोनोग्राफी करवाने आयी पेशेंट जैसी है, प्लीज मुझे जाने दीजिए।''

उसने कहा- ''तो ऊपर काय कू आया? नीचे संडास है न।'' मैंने कहा, ''वहाँ बहुत बदबू आ रही है।'' इस पर उसने जरा तीखे स्वर में जवाब दिया- ''ऐ, ये प्लेटफॉर्म है, तुम्हारा घर नहीं; यहाँ ऐसाइच होता है।''

इतने में वहाँ एक और महिला स्टॉफ आयी, जिसने आते ही पूछा- ''क्या हो रहा है यहाँ?'' और उसके पूछने के अंदाज से ही मैं समझ गयी कि यह पहली वाली की सीनियर है।

मैंने उससे मुखातिब होकर अपनी परेशानी बतायी। उसे शायद मेरी

परेशानी के भाव, मेरी आवाज और मेरे चेहरे पर दिख गये थे, इसलिए सबसे पहले उसने पहली वाली को वहाँ से हटाया, फिर मुझसे कहा- "कब तक ऐसी हिलती-डुलती खड़ी रहेगी; जनरल वाले सब उधर नीचे, जो संडास है, उसी में जाते हैं; इधर सिर्फ एसी वाले हैं... तेरे पास टिकट भी नहीं है, तुझे कैसे जाने दूँ?"

मैंने कहा- "कुछ भी करो, लेकिन जाने दो प्लीज! बस एक घंटे की बात है; अभी तीन बज रहे हैं, मैं सुबह चार बजे निकल जाऊँगी।"

उसने पूछा- "पइसे हैं तेरे पास, तो पचास निकाल, और जा कमरे में।"

नरेन, जो अब तक दूर खड़े होकर ये सब सुन रहे थे, बैग खींचते हुए आ गये, और उसे सौ का नोट थमा दिया।

मैं जल्दी-जल्दी चलकर, मुंबई से राँची के बीच की दूरी से भी ज्यादा दूर प्रतीत होने वाली इस लंबी गैलरी को पार कर कमरे तक पहुंच जाना चाहती थी। नरेन ने फिर से याद दिलाया, "जल्दी पहुँचकर क्या करोगी? कमरे के बाहर बैठा टिकट चेकर, बिना टिकट के अंदर नहीं जाने देगा; और जिसने अंदर भेजने का टोकन लिया है, वह अभी दस कदम की दूरी पर चल रही है।"

यह सुनते ही मैं वहीं रुक गयी। दुखी होकर पीछे मुड़कर देखा तो वह सचमुच दूर थी। और जब वो पास आयी तो मैंने जरा तेज चलने का आग्रह किया, जिस पर उसने तुरंत कहा- वह दौड़ नहीं सकती है। खैर, हम चलते-दौड़ते कमरे तक पहुँच ही गये, जहाँ एक काका टाइप अंकल, बंद दरवाजे के बाहर लगी कुरसी पर बैठे थे।

पहले तो अंकल ने बिना टिकट अंदर जाने से मना कर दिया, लेकिन फिर उस महिला स्टाफ ने आगे आकर फुसफुसाकर कुछ कहा, और अंकल ने हमें अंदर जाने की इजाजत दे दी।

अपना हैंडबैग जल्दी से नरेन को पकड़ाकर मैं अंदर घुसकर सीधा

वॉशरूम में गयी। वही तीक्ष्ण दुर्गंध का भभका... हाँ, पब्लिक संडास की तीक्ष्णता और यहाँ की तीक्ष्णता में फर्क उतना ही था, जितना एसिड और ब्लीच के बीच; और साथ में जली हुई सिगरेट की तीखी गंध। मैंने अपनी नाक बंदकर, मुँह खोल लिया।

जब आपके पास कोई और चारा नहीं होता है, तब आप सिर्फ बेचारे होते हैं; और उस वक्त मैं सिर्फ बेचारी थी। खैर, वापस कमरे में आयी तो नजर, सीधा अब तक वैसे ही खड़े नरेन पर गयी। इशारों में ही पूछा- ''खड़े क्यों हो?'' उसने भी इशारों में ही जवाब दिया- ''बैठने की जगह बता दो?''

तब मैंने आँखें घुमाकर चारों ओर देखा तो एक भी आदमी के बैठने लायक जगह खाली नहीं थी।

कुरसी पर बैठे-बैठे ही कुछ मुसाफिर खर्राटे भर रहे थे, तो कुछ सपनों की छोटी-छोटी कश्ती लेकर नींद के गहरे समंदर में हिचकोले खा रहे थे। जबकि; मेरी आँखों में वक्त और नींद के दरम्यान एक जंग छिड़ी हुई थी, मेरी पलकों पर सपनों के नुकीले प्रहार असहनीय हो रहे थे।

और नरेन ने पूछ ही लिया- ''क्या हुआ?''

मैंने कहा- ''कुछ नहीं।''

यह तय करना मुश्किल हो रहा था कि नीचे उमस भरे माहौल में सख्त बेंच अच्छी थी, या एसी की ठंढी हवा में एक-दूसरे से सटकर हाथों में हाथ डाले खड़े रहना बेहतर है।

मैंने अपना सिर, नरेन के कंधे पर रखकर धीरे से सॉरी कहा था। उसने हाथ घुमाकर मुझे अपनी बाँहों के घेरे का सहारा देते हुए कहा- "it's ok; it's an experience."

मैं चुप ही रही। नरेन ने आगे कहा- ''शुक्र है हम अकेले हैं; अगर

बच्चे होते तो?'' बच्चे का जिक्र सुनकर मैं शायद शरमा गयी थी, इसलिए मद्धम पीली रोशनी में भी मेरी आँखें झुककर बायें पैर के अँगूठे को देखने लगी थीं, जिसका लाल पेंट जरा भी खराब नहीं हुआ था, लेकिन बाकी की अँगुलियों से पूरी तरह से पेंट निकल चुका था, शायद जूते से रगड़ खाकर।

अब घर पहुँचने पर सासू माँ की नजर पड़ेगी, और कहेंगी- ''शादी को एक महीना भी नहीं हुआ है, और अभी से इतनी लापरवाही।''

दीदी ने एक बार कहा था- ''ससुराल में सास की आँखों को X-ray मशीन से कम मत समझना।''

अचानक से वर्तमान में आयी थी, जब नरेन ने पूछा- ''कहाँ खो गयी?''

''घर में थी।''

'मतलब?'

''यहीं हूँ।'' कहते हुए मैंने अपनी बाहें मोड़कर अपने कंधे पर रखे उसके हाथ की अँगुलियों में अपनी अँगुलियाँ फँसा दी।

अँधेरे और निकटता का फायदा उठाकर नरेन ने मेरे गाल पर प्रेम चिह्न अंकित करते हुए कहा- ''हाँ यहीं हो, अब यकीन आ गया।''

प्रेम की एक लहर हम दोनों की ही रगों में दौड़ गयी थी, और उस एक पल में दुनिया जैसे ठहर गयी थी, कि अचानक जोर से हँसने की आवाज आयी। हमने एक साथ मुड़कर देखा। शायद कोई सपने में हँस रहा था। उस हँसी की आवाज धीमी होकर बंद हो गयी थी, तभी एक दूसरी आवाज आनी शुरू हो गयी थी... थोड़ी डरावनी-सी। मैंने नरेन की अँगुलियों में अपनी अँगुलियों की जकड़न और मजबूत कर दी। उसने कहा ''डरो नहीं; जब कोई सपने में बोलता है तो आवाज डरावनी लगती है; हँसी की आवाज की तरह ये आवाज भी धीमी होकर बंद हो जायेगी।''

वह आवाज तेज थी, लेकिन स्पष्ट नहीं; इसलिए मैं समझ नहीं पायी कि सपने में भी सुख गुदगुदा रहा है, या कोई ग़म दर्द दे रहा है; लेकिन फिर भी मुझे उनकी गहरी नींद से जलन हो रही थी। सब कितने मजे में सोकर अपने-अपने सपने का आनंद ले रहे हैं, और ट्रेन के टाइम पर मोबाइल अलार्म से उठ भी जायेंगे; और एक हम हैं कि खुली आँखों से भी सपने नहीं देख पा रहे हैं।

खड़े-खड़े पैरों में दर्द होने लगा था। मैंने कहा- "नरेन, नीचे ही चलो न, कम-से-कम वहाँ बैठ सकते हैं।

अपनी कलाई पर बँधी घड़ी को देखते हुए उसने जवाब दिया- "हाँ, अब नीचे ही चलना है, क्योंकि चार बज गये हैं।"

स्टेशन के बाहर, टैक्सी स्टैंड के आस-पास के ठेलों पर चाय बनने लगी थी। गर्म-गर्म चाय की खुशबू से खुद को रोकना मुश्किल हो गया था। हमने दो-दो चाय पी, और टैक्सी में सवार हो गये।

सुबह का समय... खाली सड़क पर टैक्सी, एयरपोर्ट की तरफ सरपट भाग रही थी।

एयरपोर्ट पहुँचकर 'मुंबई से राँची' दो टिकट ली, जो 'पुणे से राँची' टिकट से ज्यादा महँगी थी।

www.ingramcontent.com/pod-product-compliance
Lightning Source LLC
La Vergne TN
LVHW041215150826
845673LV00001B/407